天下雜誌

觀念領先

朱嘉雯私房紅學 三

大觀園內石頭展

朱嘉雯——著
中生代台灣紅學研究第一人

作者序

臥榻之側，豈許他人酣睡——紅樓人物上錯床？

朱嘉雯

在《紅樓夢》裡，我們是不是經常看到主角們睡到了別人的床上？作者這樣反覆地書寫，給我們帶來怎樣的閱讀觀感呢？《紅樓夢》第六十七回史湘雲和林黛玉中秋夜凹晶館聯吟，湘雲勸黛玉多保重身體，而且別讓寶釵、寶琴姐妹在作詩上獨占鰲頭，於是說道：「妳可知宋太祖說的好：『臥榻之側，豈許他人酣睡？』她們不來，咱們兩個竟聯起句來，明日羞她們一羞。」其實不僅僅是作詩，在現實生活場景中，紅樓主要人物幾度處在他人臥榻之下，或吟詠唱和、兼說故事也愛作夢。在在具體反應了作者的生活哲學與藝術構思。

我們先來看看《紅樓夢》第四十一回，鄉村老婦劉姥姥竟然睡到綺羅叢中繁華浮艷的賈寶玉床上去了！

當日她醉醺醺地掀簾進去，抬頭一看，只見四面牆壁玲瓏剔透，琴劍瓶爐皆貼在牆上，錦籠紗罩，金彩珠光，連地下踩的磚，皆是碧綠鑿花，竟越發把眼花了！想找門出去，卻那裡有門？只見左一架書，右一架屏。剛從屏後得了一門轉出去，卻見到她的親家母也從外面迎了進來。結果在那沒死活戴了一頭花的樣貌中，她認出了自己的醜態。原來這裡有一座四面雕空紫檀板壁的大鏡子。接著又是一陣亂摸，姥姥沒想到這鏡子原設了西洋機括，可以開闔的。就在劉姥姥亂摸之間，力道巧合，竟撞開機括，鏡子後面的世界令姥姥又驚又喜！

她邁步進去，看見一副天底下最精致的床帳。此時已帶了七八分醉意的姥姥，因走乏了，於是不由自主一屁股坐在這張錦繡床上，只說是歇息一會兒，不承望身不由己，便前仰後合起來，兩眼矇朧之中，一歪身就睡熟在床上了。

不一會兒襲人進了房門，轉過集錦格子，竟然聽得鼾齁如雷！她急忙進來，卻只聞得酒屁臭氣滿屋！低頭一瞧，只見劉姥姥扎手舞腳地仰臥在床上。襲人一驚不小！慌忙趕上來將姥姥沒死活地推醒。那劉姥姥驚醒，睜眼見了襲人，連忙爬起來道：「姑娘，我失錯了！並沒弄髒了床帳。」一面說一面用手去撣。襲人恐驚動了人，更怕被寶玉知道了，只向她搖手叫她別說話。然後忙在大鼎內放了三、四把百合香，再用罩子罩上，些須收拾收拾，所喜不曾嘔吐，便悄悄地笑道：「不相干，有我呢。妳隨我出來。」

劉姥姥只道是隨意打了個盹兒。因而問道：「這是那個小姐的繡房，這樣精致？我就像到了天宮裡一樣！」襲人微微地笑道：「這個麼，是寶二爺的臥室。」那劉姥姥一聽嚇得不敢作聲。曹雪芹為了介紹怡紅院裡賈寶玉的臥房是如何地華貴，竟然讓赤貧魯直的劉姥姥去試睡一下，一旦拉開這樣的戲劇張力之後，再以姥姥親身經歷現身說法來告訴我們：賈寶玉的床，簡直讓她上了天宮！

其實早在第五回，賈寶玉自己也曾睡在他人的床上，這號人物無論是在身分或是性別上，都與寶玉形成了鮮明的對照。此人便是寶玉的姪媳婦秦可卿。當時寶玉隨著老太太在東府裡賞梅，也是多飲了幾杯，一時倦怠，欲睡中覺。

賈母命人好生哄著，歇息一會兒再來。賈蓉之妻秦氏便忙笑回道：「我們這裡有給寶叔收拾下的屋子，老祖宗放心，只管交與我就是了。」又向寶玉的奶娘、丫鬟等道：「嬤嬤、姐姐們，請寶叔隨我這裡來！」

結果寶玉對於掛著《燃藜圖》客室非常不滿！也不看係何人所畫，心中就是不快！於是忙說道：「快出去！快出去！」秦氏聽了笑道：「這裡還不好，可往那裏去呢？不然，往我屋裡去吧。」寶玉點頭微笑。有一個嬤嬤阻攔道：「那裡有個叔叔往侄兒房裡睡覺的禮？」秦氏一點也不拘禮，她笑著說：「噯喲喲！不怕他惱。他能多大了，就忌諱這些個？上月你沒看見我那個兄弟來了，雖然與寶叔同年，兩個人若站在一處，只怕那個還高些呢！」說著，便來至秦氏房中。剛至房門，便有一股細細的甜香襲了上來。寶玉覺得眼餳骨軟，連說：「好香！」入房後，向壁上看，卻有一幅唐伯虎畫的《海棠春睡圖》，兩邊有宋學士秦太虛寫的一副對聯：「嫩寒鎖夢因春冷，芳氣籠人是酒香。」案上設著武則天當日鏡室中設的寶鏡，一邊擺著飛燕立著舞過的金盤，盤內盛著安祿山擲過，傷了太真乳的木瓜。上面設著壽昌公主於含章殿下臥的榻，懸的是同昌公主製的漣珠帳。

寶玉含笑連說：「這裡好！」秦氏也得意：「我這屋子，大約神仙也可以住得了。」說著親自展開了西子浣過的紗衾，移了紅娘抱過的鴛枕。於是，眾奶母伏侍寶玉臥好，款款散了，只留襲人、媚人、晴雯、麝月四個丫鬟為伴。秦氏便吩咐小丫鬟們，好生在廊檐下看著貓兒狗兒打架。可寶玉卻在剛闔上眼時，便恍恍惚惚地看見秦氏在前，於是他便悠悠蕩蕩隨了秦氏走入太虛幻境……賈寶玉在如此性感的臥床上、睡夢裡，完成了他的成年儀式，他的夢境也預告了大觀園眾人的薄命結局。因而此處便展現出曹雪芹多層次寫作，與浪漫唯美文風結合的特殊設計。

到了故事第十九回，賈寶玉又躺在了林黛玉的床上。當時他原本是去瀟湘館探視黛玉的。

彼時，黛玉自在床上歇午，丫鬟們出去自便，滿屋內靜悄悄的。寶玉揭起繡線軟簾，進入裡間。只見黛玉睡在床上，忙走上來推她說：「好妹妹，才吃了飯，又睡覺！」便將黛玉喚醒。林黛玉見是寶玉近來，因說道：「你且出去逛逛。我前兒鬧了一夜，今兒還沒有歇過來，渾身酸疼。」寶玉不依：「酸疼事小，睡出來的病大。我替妳解悶兒，混過睏去就好了。」黛玉只闔著眼，說道：「我不睏，只略歇歇兒。你且別處去鬧會子再來。」寶玉推她道：「我往哪去呢？見了別人就怪膩的。」

黛玉聽了，「嗤」的一聲笑道：「你既要在這裡，那邊去老老實實的坐著，咱們說話兒。」寶玉道：「我也歪著。」黛玉道：「你就歪著。」寶玉道：「沒有枕頭，咱們在一個枕頭上罷。」

黛玉沒法兒，一面起身笑道：「真真你就是我命中的『天魔星』！」一面將自己枕頭推給寶玉，然後再拿了一個來自己枕了，於是二人對面倒下，說說笑笑，又打打鬧鬧……。

這是一對兩小無猜情竇初開的畫面，間有寶玉說小耗子精偷香芋的故事，為這幕場景增添青春無邪歡樂喜劇的氛圍。這也可以視作曹雪芹為寶、黛親密戀曲所譜寫的定調樂章。

到了《紅樓夢》第六十三回，小戲子芳官在寶玉壽宴歡鬧之後，竟同寶玉睡在了一張炕上。不僅如此，當晚所有的人都亂睡一氣。因為那夜彼此都有了三分酒，便猜拳贏唱小曲兒。到了四更時分，酒缸已罄，眾人收拾盥漱準備去睡覺。那芳官吃得兩腮胭脂一般，眉稍眼角添了許多丰韻，身子圖不得，便睡在襲人身上，說：「姐姐，我心跳得很厲害！」襲人笑道：「誰叫妳盡力灌呢！」春燕、四兒也圖不得，早睡了。晴雯還只管叫。寶玉道：「不用叫了，咱們且胡亂歇一歇罷。」自己便枕了那紅香枕，身子一歪，也睡著了。襲人見芳官醉得很，恐鬧得吐酒，只得輕輕起來，就將芳官扶在寶玉之側，由她睡了。自己卻在對面榻上倒下。

大家黑甜一覺，不知所之。及至天明，襲人睜眼一看，只見天色晶明，忙說：「可遲了！」向對面床上瞧了一瞧，只見芳官頭枕著炕沿上，睡猶未醒，連忙起來叫她。此時寶玉先翻身醒了，笑道：「可遲了！」那芳官才坐起來，猶發怔揉眼睛。襲人笑道：「不害羞，妳吃醉了，怎麼也不揀地方兒，亂挺下了。」芳官聽了，瞧了瞧，方知是和寶玉同榻，忙羞得笑著下地說：「我怎麼……」卻說不出下半句來。寶玉笑道：「我竟也不知道了。若知道，給妳臉上抹些墨。」

在所有的小戲子中，寶玉獨厚芳官；就如同在眾丫環中，寶玉特別疼愛晴雯。因為珍惜她們，所以使此二人經常得到某種任性的自由。小說第五十一回襲人奔母喪，怡紅院裡沒了大人，晴雯便也不睡在自己的床上了！當時她和麝月卸罷殘粧，脫換過裙襖。晴雯只在薰籠上圍坐，麝月笑道：「妳今兒別裝小姐了，我勸妳也動一動兒。」晴雯道：「等妳們都去淨了，我再動不遲。有妳們一日，我且受用一日。」麝月笑道：「好姐姐，我鋪床，你把那穿衣鏡的套子放下來，上頭的划子划上。你的身量比我高些。」說著，便去與寶玉鋪床。晴雯「嗐」了一聲，笑道：「人家才坐暖和了，你就來鬧。」

寶玉聽見晴雯如此說，便自己起身出去，放下鏡套，划上機關，然後進來笑道：「妳們暖和吧，我都弄完了。」過了一會兒又笑說：「妳們兩個都在那薰籠上頭睡了，我這邊沒個人，怪怕的，一夜也睡不著。」晴雯道：「我是在這裡睡的，麝月，你叫她過去睡。」說話之間，天已一更，麝月放下簾幔，移燈炷香，伏侍寶玉臥下，二人方睡。晴雯自在薰籠上，麝月便在暖閣外邊。晴雯這晚睡的薰籠乃是覆罩在爐子上，既可以薰香，又能烘物和取暖的用具。南唐李後主說：「櫻花落盡階前月，象床愁倚薰籠。」凌濛初在《初刻拍案驚奇》中也寫道：「小娘子茶潑濕了衣袖，到房裡薰籠上烘烘。」最淒清的還是白居易的〈後宮詞〉：「紅顏未老恩先斷，斜倚薰籠坐到明。」而夁月睡的外間暖閣，便是寶玉屋子隔出來的一個小空間，大雪天在這小空間裡烤火，屋子特別保暖。唐代詩人許渾有詩云：「香街寶馬嘶殘月，暖閣佳人哭曉風。」無論是薰籠或暖閣，在古典詩詞中都與佳人的身影疊合，於是我們在閱讀中不難發現，曹雪芹鋪寫小說人物睡眠的場景，處處都潛藏著獨運的巧思。

接下來在這本書裡，我們將會看到更多生活場景與精緻用品，成為演繹故事的要角。為了深度探索《紅樓夢》，也為了激發現代生活與古典文學的互動，歡迎您走進《朱嘉雯私房紅學三——大觀園內石頭痕》。

目錄

第十八回 知情更淫——那些為夢魔所魘的人啊！——341

第一回

欲遊大觀園，先上大觀樓！

看李紈細膩的心思

《紅樓夢》是一部充滿了各種生活細節的經典小說，我們希望透過書中描寫大觀園裡點點滴滴的生活描述，啟發現代人的細膩觀察與深層思考。如果讀者們能夠耐心地閱讀書中的詩詞文章、體會故事情節下的人物情態與心境，我們將會發現許許多多新的文學課題，同時在潛移默化中提升人們日常的審美趣味。

平兒等來至賈母房中，彼時大觀園中姐妹們都在賈母前承奉，劉姥姥進去，只見滿屋裏珠圍翠繞、花枝招展的，並不知都係何人。只見一張榻上，獨歪著一位老婆婆，身後坐著一個紗羅裹的美人一般的個丫鬟，在那裏搥腿。鳳姐站在底下正說笑。劉姥姥便知是賈母了，忙上來，陪著笑，拜了幾拜，口裏說：「請老壽星安。」賈母也忙欠身問好，又命周瑞家的端過椅子來讓坐。那板兒仍是怯人，不知問候。賈母道：「老親家，你今年多大年紀了？」劉姥姥忙起身答道：「我今年七十五了。」賈母向眾人道：「這麼大年紀了，還這麼硬朗。比我大好幾歲呢！我要到這麼年紀，還不知怎麼動不得呢！」劉姥姥道：「我們生來是受苦的人，老太太生來是享福的，我們要也這麼著，那些莊家活也沒人做了。」賈母道：「眼睛牙齒還好？」劉姥姥道：「還都好，就是今年左邊的槽牙活動了。」賈母道：「我老了，都不中用了，眼也花，耳也聾，記性也沒了。你們這些老親戚，我都不記得了。親戚們來了，我怕人笑話我，我都不會。不過嚼得動的吃兩口，睏了睡一覺，悶了時，和這些孫子孫女兒們玩笑一回就完了。」劉姥姥笑道：「這正是老太太的福了。我們想這麼著不能。」賈母道：「什麼『福』，不過是個老廢物罷咧！」說的大家都笑了。

賈母又笑道：「我才聽見鳳哥兒說，你帶了好些瓜菜來，我叫他快收拾去了。我正想個地裏現結的瓜兒菜兒吃，外頭買的不像你們地裏的好吃。」劉姥姥笑道：「這是野意兒，不過吃個新鮮。依我們，倒想魚肉吃，只是吃不起。」賈母又道：「今日既認著了親，別空空的就去，不嫌我這裏，就住一兩天再去。我們也有個園子，裏頭也有果子，你明日也嚐嚐，帶些家去，也算是看親戚一趟。」鳳姐見賈母喜歡，也忙留道：「我們這裏雖不比你們的場院大，空屋子還有兩間，你住兩天，把你們那裏的新聞故事兒，說些給我們老太太聽聽。」賈母笑道：「鳳丫頭，別拿他取笑兒，他是屯裏人，老實，哪裏擱得住你打趣？」說著，又命去抓果子給板兒吃。板兒見人多了，又不敢吃。賈母又命拿些錢給他，叫小幺兒們帶他外頭玩去。

《紅樓夢》第三十九回

今天是第一講，我們要帶領大家來閱讀一個很有名的段落——「劉姥姥進大觀園」。朋友們可能會問，這句話已經成了現代會話的俗語，還能有什麼新鮮事呢？接下來讓我們一起探究從《紅樓夢》從第四十回到四十一回，劉姥姥究竟逛了大觀園裡的哪些地方？她為什麼會說這一輩子沒有聽過、沒有見過、沒有吃過的東西都在這裡經歷了呢？究竟大觀園裡有些什麼好玩的事物讓她如此驚嘆呢？這就是接下來要為大家來談一談的課題。

《紅樓夢》第四十回的回目是「史太君兩宴大觀園，金鴛鴦三宣牙牌令」，其實這已經是劉姥姥第二次進賈府了，她前一次來的時候，還挺寒酸的，因為窮困得年都過不下去了，又在年關將近的時候，家裡面的情況看起來非常落魄，尤其是她那個女婿叫做王狗兒，因為沒有錢又失業的緣故，落得打老婆、罵孩子，讓這個做岳母的劉姥姥實在看不下去，所以姥姥就數落他，希望狗兒不要整天待在家裡發這麼大的脾氣：「這個男子漢啊，要出去找個事情做，才像樣呢！」可是王狗兒卻理直氣壯地說：「我就是找不到工作啊！那要我怎麼辦呢？」姥姥於是給他指點個辦法：「你不是姓王嗎？現在這個京城裡頭，王家可是非常富有的。」當年那賈府中王夫人的父親其實和狗兒的祖父在京裡同朝為官時，曾經連過宗，因此姥姥勸狗兒去攀親戚，打個秋風，借錢來過年。

可是這王狗兒卻說：「喔！雖是您老人家這麼說，我可不敢苟同啊，叫我去抛頭露臉的跟人家借錢，我還算男子漢大丈夫嗎？」所以他不肯去。劉姥姥一想：「說得也有道理，這個女婿是個大男人，女兒又是一個小女人家，也不該抛頭露臉。」所以姥姥想了一個辦法，就由她帶著小孫子板兒，一大清早，天還沒有亮的時候，進到城裡頭來，希望能夠直接到賈府裡找到王夫人，也就是賈寶玉的母親，想辦法跟她攀上親戚關係，說不定能夠跟她借到一點錢，他們這個窮苦人家的日子也就能熬得過去了。這就是劉姥姥第一次進到賈府裡的緣由。

不過，那一次她並沒有真的見到王夫人，因為王夫人已經不管事了，真正掌握所有金錢流向的人，其實是王熙鳳，她是大房邢夫人的兒媳婦，同時也是二房王夫人的內姪女，因為這樣的兩層關係，又頗得賈母的看重，於是就把這個掌家的鑰匙和實際的權力交給了她。而劉姥姥首次進賈府就是因為見到了王熙鳳，同時王熙鳳也打聽了，確實這位姥姥跟王家也有點關係，所以就把錢借給她了。劉姥姥歡天喜地啊，帶了這筆錢回家了以後，果真這個年就過得順暢了。來年他們鄉下莊稼人種了很多瓜果蔬食，很快有了第一批的收成，這些最新鮮的瓜果蔬菜收成了以後，鄉下人因為懂得感恩，他們知道自己之所以這個年過得下去，沒有走到家破人亡的地步，一切都要感謝賈府裡頭王熙鳳跟王夫人對他們的照顧。於是第一批新鮮採收的瓜果蔬菜，就拿來送進賈府裡頭，給大觀園裡的少爺、姑娘、太太、奶奶們先嘗個鮮兒。這個就是《紅樓夢》第四十回所謂「史太君兩宴大觀園」的由來。

劉姥姥進到了榮國府本來就是想要送一點新鮮蔬菜水果，來表達內心的感謝之意，沒想到賈母聽說了，有個跟她差不多年紀的人來家裡，賈母就想要見見這個人。她的理由是：平常跟很多孫兒、孫女們淨講一些小孩們說的傻話，這些孫兒、孫女年輕小輩兒，包括：王熙鳳、賈寶玉、林黛玉等人，雖然能夠承歡膝下，但有的時候，好像不太能夠講一些很有歷史和生活體驗豐富的話題，因此她想要找一些跟她一樣的老人，來聊聊陳年往事或者說一些人生的經驗談，可是平常就找不到這麼樣的一個人，因為賈府裡頭真的要找到跟老祖宗一樣生活經驗很豐富的人，實在也非常不容易，終於今天來了一個劉姥姥，這姥姥來得正好，可以跟老太太說說話、聊聊天。

兩位老人這一聊就非常投緣。劉姥姥是個老人，他一看到賈母馬上就請安說是：「請老壽星的安。」你看這話說得多漂亮！姥姥請了老壽星的安之後，賈母就問道：「老親家你今年多大年紀啊？」兩人之間就此攀談起來，還說了一些城裡面的人沒有聽過的鄉下故事，而且越講越有趣。第二天，大家索性把劉姥姥留下來不讓她回家。把她留下來以後，老太太就說啦：「我們府裡有個花園，妳想不想去逛逛啊？還不錯的，當年是我們家的貴妃娘娘元春回家省親的時候特別建造的，整座園林亭臺樓閣別緻新穎，花柳扶疏兼有瓜果池藕，很值得遊賞一番呢！」

於是就決定帶劉姥姥去他們家的大觀園宴遊。接著我們看到第二天清早，這一天天氣非常晴朗，我們現代人常常都是在將要出遊的前一天晚上，開始祈禱希望天氣好，賈寶玉也常常在詩社活動的前一天晚上，希望明天是個好天氣，不要阻撓了他們的雅興。那麼大家都知道賈母明天就要帶劉姥姥進大觀園了，所以也希望天氣是晴朗的。可巧可喜的，第二天一早天氣非常好，我們先來看一看大清早這些貴族人家的太太、奶奶、小姐們都在做些什麼事呢？首先，賈母的長孫媳婦李紈，她是賈寶玉的大嫂子，賈寶玉曾有一個哥哥叫賈珠，可惜已經過世了，所以李紈就是一個寡婦，她還有一個兒子叫賈蘭，為了照顧和教導賈蘭，李紈平常大部分的時候都住在大觀園的稻香村裡，教孩子讀書寫字，同時也過著恬淡的生活。

那麼她做為孫媳婦，一早起來要做什麼事情呢？原來因為今天太婆婆要帶客人進大觀園來遊玩，所以李紈一大早就看著老婆子、丫頭們打掃落葉，所謂蓬門今始為君開啊，總是要打掃庭園，稍微清理乾淨，以準備待客。而掃了許多落葉這件事情也就說明了此時節大約是農曆八月，因為是在秋天的季節裡，所以滿地的落葉，而這也正是大觀園裡最風華絕代的時候，做為孫媳婦的李紈，一大清早就派人開始掃落葉。我們看《紅樓夢》裡脂硯齋的批語常常告訴我們，應該在閱讀的過程當中注意哪一些細節，譬如說此處「掃落葉」這段文字，脂批提醒我們要注意故事寫作的背景已經是八月底了，在八月份的時節常常一陣風吹來，就把大觀園裡的一些樹葉吹落滿地，這樣的落葉之美，只能在深秋季節才能夠身歷其境，也是劉姥姥當時所親眼見到的景象。

李紈接下來派人做的事就是要擦抹桌椅，準備一些盛茶酒的器皿。這時她見到豐兒進來了。豐兒是誰呢？這個小丫鬟是王熙鳳的丫鬟，王熙鳳的丫鬟除了有個平兒之外，還有個豐兒，而此時豐兒正帶著劉姥姥和板兒先走進來了，她們走進來以後的第一句話即說道：「哎喲，大奶奶倒忙的緊！」你瞧這話說得多漂亮啊。豐兒的主子王熙鳳曾經因為不會作詩，但是賈寶玉等人偏要她作一句詩來起個頭，鳳姐兒便隨口說出：「一夜北風緊。」其實古人很喜歡用緊張的「緊」這個字，譬如說：「雅的緊！」或者是說：「好玩的緊！」如今豐兒說：「唉喲！大奶奶倒是忙的緊！」意思就是說李紈一大早就非常忙的意思，如同我們現在說：「今天這麼忙啊！」因為今天要請客嘛，所以大奶奶一大清早就忙起來了。

李紈見她們走進來，也趕緊笑著對劉姥姥說：「我說吧！我說妳昨兒是去不成的，妳只是忙著要回家，我們老太太一見到妳就不讓妳走了，不是嗎？」那劉姥姥也笑著對李紈說：「老太太留下我，叫我也跟大伙兒熱鬧一天去。」豐兒這會兒進來除了帶著劉姥姥和板兒之外，還交了一大串的鑰匙給李紈。這個一大串叮鈴噹啷的，有大鑰匙、有小鑰匙一大把，她一邊交給李紈，一邊說：「我們奶奶說了，外頭的那些茶几怕今天人多，不夠使用，不如把那樓開了，把倉庫裡頭的一些桌子搬下來使一天罷了。我們奶奶原本應該要親自來的，可是正在和太太說話，所以請大奶奶開了倉庫的門，先帶人進去搬吧！」

李紈於是讓她的丫鬟素雲把這個鑰匙給接了，又令一個婆子出去到二門上多派幾個小廝進來，因為要搬桌椅嘛，這裡都是一些婆子跟丫鬟，怕搬不動，所以就到二門外頭去叫人。這裡的婦女們平常都是大門不出、二門不邁的，所謂的二門是垂花門，門框上有兩朵倒垂的木雕花，因此得名。垂花門內自然都是女性為主，所以二門內便是大戶人家女眷的生活圈，而所有的小廝就算是再怎麼年輕，再怎麼平頭整臉，都要在二門之外應候，不能擅自進到二門以內。所以現在要找人來搬東西，只能到二門以外去叫人來幫忙，於是讓一個婆子上二門外去叫小廝進來。那李紈則站在一個叫做「大觀樓」的倉庫底下往上看，往上看上面寫了一個匾額，二樓的匾額叫「綴錦閣」，她把綴錦閣的門打開以後，便帶人上了二樓，看到所有漂亮的桌子、椅子，便開始一張一張的往下抬，那小廝、老婆子、丫頭們一齊動手，一共抬下了二十多張桌子，所以其實大觀園裡頭的飲宴並不是在一個大圓桌上進行的，而是一個人有一桌、一椅，還有一個高茶几，那茶几上可以插一瓶精雅的花卉，也可以放上爐瓶三事來薰香。那椅子自然是給人坐的，而桌子上頭會擺一個自飲自斟壺，像林黛玉用的就是烏銀梅花自飲自斟壺，這是一個純銀的酒壺，有一個漂亮的小琺瑯杯子，另外還有一個漆盒，這個盒子裡頭，好像懷石料理一般，打開以後可以看到裡面有很多格子，每一格子裡面放的都是個人喜好的精緻點心與各項飲食，我們看到每個人的食物都不一樣，為什麼每個人的料理都不一樣呢？因為林黛玉喜歡吃的東西和薛寶釵喜歡吃的東西不同，所以廚房就要設計打造每一個人的專門食盒，讓人一開啟，便見到自己最喜愛的食物。

那麼為什麼除了一個桌子之外，背後還得有一個茶几呢？因為這個茶几上是用來放薰香用具的，譬如：線香，或者是香粉，同時還要插一瓶花，當然也是依個人喜好來布置，所以每一個人坐在自己的位置上，都好像身在圖畫裡一般，與自身的服飾、品味與風格相襯。這裡我們看到個人有個人的小座位，這是大觀園裡宴席排座位的方式，為了用得著這個二十幾張桌椅，因此必須到綴錦閣去一張一張地搬下來。那李紈還緊張地對這些搬桌椅的小廝們說道：「好生著，別慌慌張張趕鬼似的，仔細碰了牙子了！」這個清朝的傢俱，有很多是鑲螺鈿、鑲貝殼、鑲象牙的，如果碰掉了一點小角、小裝飾就不好看了，還要找工匠來補。這些傢俱的裝飾都是非常精緻講究的，不能不小心搬運。於是李紈讓這些小廝們留意桌椅傢俱周邊貼上去或鑲上去的裝飾品，因而囑咐他們輕輕的、小心的，別碰壞東西了。

李紈倒是還記得一件事，她便回頭對劉姥姥說：「姥姥，妳也上來瞧瞧。」所以劉姥姥逛大觀園第一件事情逛到了什麼呢？就是逛到了綴錦閣裡頭，一探賈府倉庫的究竟，看一看賈府裡頭有多少高雅的傢俱，有多少精雕細琢的桌子、椅子、高矮茶几等等的。經李紈一邀請，劉姥姥便樂得上去瞧了，事實上她真是巴不得一聲兒，先前在樓底下的時候，看人一直搬出東西來，他覺得大家好像是在變魔術一樣，所以她巴不得李紈吩咐一聲兒，她立即拉著板兒就登上梯子，一進到裡面，只見烏鴉鴉的一片，堆著圍屏、桌椅、大小花燈……，很多東西是她這輩子都沒看過的，因為鄉下人家裡的傢俱是很簡單的，劉姥姥現在看到了五彩炫耀、各盡奇妙的桌椅箱籠，她每看到一樣東西，就用手去摸一下，然後還唸一聲佛：「阿彌陀佛！這是什麼？那又是什麼？」看完了以後，她簡直就不想下來了，等到下樓來了以後呢，李紈就命素雲把綴錦閣的大門鎖上，可是門一鎖上以後，她卻又說：「喲！忘了一件事兒了！恐怕老太太高興，越發今天要划船的！」因為大觀園裡有一條美麗的河，薛寶釵、林黛玉、賈寶玉他們常喜歡坐船，所以等會兒可能越發興致來了，就想要划船，或者如果老太太一高興說要帶劉姥姥坐坐船，那是不是應該先把船和篙預備好呢？可見這個綴錦閣上頭還有划槳、船撐，以及帳篷呢！而這些也應該要先拿下來預備著，於是李紈走回去命人重新開了門，再把這些划船的划子、篙槳，還有遮陽的幔子，都取下來預做準備。

眾小廝和僕婦們答應了，又把這些器具速速都搬了下來，那劉姥姥看了，簡直眼睛都要凸出來了！她說：「原來你們家的傢俱裡面還得包括船槳、撐篙、遮陽篷傘！」這些都是她這輩子沒想到過的呢！而除了這些划槳、撐篙、遮陽篷傘之外，那最重要的還有什麼呢？當然就是要到船塢裡去把兩艘棠木製的畫舫給划出來，不然空有船槳有什麼用呢？那麼又是誰可以到船塢裡去將畫舫划出來呢？這個就牽涉到他們當初到蘇州去打造這兩艘畫舫的時候，同時也聘請了會駕船的駕娘，也就是連會開船的專門人員也一起聘進來了。所以現在就把這個從蘇州買回來的，會駕船的駕娘喚來，請她們一起來把這個船倉打開，把兩艘很漂亮的畫舫給開出來了，務必將一切都預備好。

讀者們想想，如果換成我們今天的話說，就是大觀園裡頭有漂亮的河水，然後夾岸風光正是秋天最美的季節，這時大自然的顏色最為繽紛鮮豔，有時候一棵樹上的葉子正由綠轉黃轉紅，因此林間便呈現許許多多參差斑斕、萬紫千紅的色彩，再加上岸邊又有白茫茫、朦朧詩意的秋草，那沁芳溪兩岸自然是美不勝收！所以如果坐著畫舫遊河的話，一定可以使大觀園眾人興發詩意情致。所幸李紈預先想到也許老太太今天一高興便要帶著劉姥姥坐船，因此預先把這兩艘美侖美奂的棠木畫舫從船倉裡開出來，先預備下了。只等老太太一聲令下，到時就不用再等人去慢慢地調度安排。你看這些都是做媳婦的處理事情很精細、周到的地方。

只是，李紈正在安排著，還沒完全妥當，沒想到賈母已經走進來了，這可使得李紈嚇了一跳！究竟老太太進園之後，帶著劉姥姥與眾人如何遊賞大觀園呢？我們下回分解。

第二回

大朵簪花

百年家族的往事，從小物件說起……

朋友們：上回我們說到李紈一面吩咐船娘將棠木舫從船塢裡撐出來，迎面卻見賈母已經帶著一群人走進來了，李紈急忙迎上前去說道：「老太太高興，倒先進來了，我只當您還沒梳頭，才摘了一些菊花要送過去呢！」原來她一大清早還得伺候婆婆、太婆婆梳妝打扮。那麼古代的婦女們早晨起床後，又是如何梳妝的呢？首先，我們看到李紈在大觀園裡，把清早剛盛開，而且花瓣上還帶著新鮮露珠的那些鮮花採摘下來，然後取一個盤子，盤子裡盛些清水，再把早上才掐下來的鮮花放在這個盤子上，讓婆婆和太婆婆親自來挑選。

香櫞盤

有古銅青綠盤，有官哥定窯冬青磁龍泉大盤，有宣德暗花白盤，蘇麻尼青盤，朱砂紅盤以置香櫞皆可。此種出時山齋最不可少，然一盆四頭既板且套，或以大盆置二三十尤俗。不如覓舊朱雕茶架一頭，以供清玩，或得舊磁盆長樣者，置二頭於几案間亦可。

……

文具雖時尚，然出古名匠手亦有絕佳者。以豆瓣楠癭木及赤水欏為雅，他如紫檀、花梨等木皆俗。三格一屜，屜中置小端硯一，筆硯一，書冊一，

小硯山一，宣德墨一，倭漆墨匣一，首格置玉秘閣一，古玉或銅鎮紙一，賓鐵古刀大小各一，古玉柄棕帚一，筆船一，高麗筆二枝。次格古銅水盂一，糊斗蠟斗各一，古銅水杓一，青綠鎏金小洗一。，下格稍高置小宣銅彝爐一，宋剔盒一，倭漆小撞白定或五色定小盒各一，矮小花尊或小觶一，圖書匣一，中藏古玉印池。古玉印、鎏金印絕佳者數方，倭漆小梳匣一，中置玳瑁小梳及古玉盤匜等器，古犀玉小盃二，他如古玩中有精雅者，皆可入之以供玩賞。

——（明）文震亨《長物志》卷七

現在讓我們先來欣賞這個擺放鮮花的盤子有多美呢？李紈對賈母說完話，就回過頭來跟她的一個叫碧月的丫鬟說道：「把早上才摘下來的那些新鮮的菊花拿過來。」只見碧月捧過一個很大的荷葉式的翡翠盤子。今天如果有一塊頂級的翡翠玉料，我們會拿來雕琢成一個項鍊墜子，或是打一副玉鐲，那時我們都會誇讚這塊玉料水頭飽滿、光潤瑩綠，確實珍貴得不得了！可是賈府卻可能是用翡翠來做一個大盤子，而且這個盤子還做成很費料的荷葉邊，也就是波浪形狀的工藝盤，並且在這個翠玉盤子上面放了滿滿各式各樣鮮紅的、明黃的、乳白色、粉紫色等各種大菊花。可知當時女性流行的裝飾品是在髮髻上簪朵鮮花，這時大家可能會產生一個疑問，如果到了隆冬季節，沒有鮮花可簪，又該怎麼辦呢？尤其是下著大雪的時節，仕女們是如何簪花的呢？其實當時京城的店鋪裡已出售一些用薄紗和絲綢仿製鮮花的假花，摹仿到什麼程度呢？有的時候這些花瓣上還有假的晶瑩露珠，所以大家都別擔心，即使隆冬時節也還是能夠美美地簪花。

而我們除了在《紅樓夢》裡看到金陵十二釵喜好簪花之外，還能在《水

滸傳》裡看到忠義排座次的英雄好漢們，簪了大朵鮮豔的花飾在他們的髮梢或是帽簷，像是：浪子燕青、小霸王周通，就連戴著破頭巾的漁夫阮小五，出門時也不忘簪一朵火紅的石榴花，甚至以殺人為職業的劊子手蔡慶，他的綽號卻是「一枝花」，因為他非常喜愛簪花。而另一位劊子手楊雄更美了！他在薊州監獄擔任行刑手，當地人都知道，他最愛在鬢邊插一朵翠芙蓉！這些水滸好漢真是非常愛美，而且也都很有型。讓我們再將時間再往前推移，唐代文人進士及第的時候，皇帝依照慣例賜宴，屆時每位新科進士都要簪花。而唐朝詩人王維在〈九月九日憶山東兄弟〉中云：「遙知兄弟登高處，遍插茱萸少一人。」此外，杜牧在〈九日齊山登高〉詩裡也有：「塵世難逢開口笑，菊花須插滿頭歸。」可知從簪花的習慣可以看出，古代無論男性或女性其實都非常喜好打扮。

我們現在再來看看李紈，她一清早就帶著丫鬟們在大觀園裡頭掐了一些花，而這些花都是新鮮的、剛剛盛開的、最花繁葉茂的花朵，此刻又是秋天，因此園中開的最美麗的就是菊花。秋菊的顏色和品種非常多樣，而且很多是複瓣的，所以特別顯得花團錦簇、華麗異常！其間有芍藥花型的綠牡丹、花朵深紫的「墨菊」、花瓣帶有玫瑰紅，邊沿又呈現白玉滾邊的「紅衣綠裳」，以及暈染粉樣的淡鵝黃色菊花……這些絳紅色的、深紫色的、粉紅的、焦黃的，還有非常純潔的白色……等各色式樣，都盛在一個精緻的翡翠荷葉大盤子上，由一位俏麗的小丫鬟端著。想像一下，這畫面該是多麼令人賞心悅目呢！

接著我們就來看看，碧月捧了一個大荷葉式的翡翠盤子過來，如此瑩潤華貴的盤子裡，盛著是各色折枝菊花，那麼賈母會怎麼做呢？果然賈母非常大器地揀了當中一朵大紅的菊花。讓我們再想像一下，老太太該是滿頭銀髮的，一身緋絲雲錦服飾，即使家常的奢華，也顯得貴氣逼人！如果挑了一朵小小的菊花，或是顏色太清淡素雅的，反倒不顯眼，也和她的服飾不相襯。因此她自己就挑選了一朵最大最紅的菊花簪在鬢邊，來配合她的年齡、身分和服裝。然後又回頭招招手對劉姥姥說：「過來過來，過來戴花了。」一語未了，鳳姐卻先搶上來，並將劉姥姥一把拉過來笑道：「我來替您老人家打扮打扮！」說著就把那一盤子的花橫三豎四全都戴在劉姥姥的頭上，賈母和眾人都笑得了不得！這劉姥姥卻也眉開眼笑地說道：「我這個頭，今兒個也不知修了什麼福了，這樣體面起來！」眾人都笑著道：「妳還不拔下來，摔到她臉上呢？她把妳打扮成個老妖精了！」劉姥姥繼續笑著說：「我雖老了，年輕的時候也愛風流，愛個花兒粉的。如今，索性做了老風流才好！」

說笑之間，眾人已經走上了沁芳亭了，「沁芳」就是浸潤著芬芳的意思。沁芳這個名詞非常的別緻新穎！這是在大觀園剛剛建好的時候，賈寶玉為所有的景致命名時，因為園中有一條溪流乃是活水，從大觀園裡頭穿流而過，這一條溪就被寶玉稱為沁芳溪。在沁芳溪的邊緣有個亭子，這座優雅的涼亭就命名為沁芳亭。當眾人來到了亭子上，丫鬟們就抱了一些坐墊來給姥姥和賈母坐下，其他人也都坐在這個涼亭裡頭休息休息，賈母問劉姥姥：「老親家，你覺得我這個園子好不好啊？」劉姥姥忙唸了一聲佛：「阿彌陀佛啊，我們鄉下人到了年下，都上城裡頭來買年畫兒，時常閒樂大家都在看這個年畫兒，然後就說：怎麼也得到那畫上去逛逛，可是又想著那畫不過是假的，哪裡還能夠想到真有這麼美的一個地方？誰知我今天進到你們家的園子裡頭一瞧，竟比我們鄉下人在門上、牆上貼的那個年畫兒還強十倍呢！怎麼也有人照著這個園子畫起來，畫上一幅畫，讓我帶我回家去，叫我們鄉下那些街坊鄰里都見一見。不然的話，我回去就是說破了嘴，他們也不相信這個花園這麼美！」

這時賈母笑著指她最小的一個孫女叫惜春，也就是賈寶玉四個姐妹：元

春、迎春、探春、惜春（其實曹雪芹是用諧音來為賈府的姑娘們命名，寓意：「原應嘆息！」這人生到最後就是落得一場感嘆罷了。）這四個女孩子裡頭最小的一個。老太太就指著惜春對劉姥姥說：「妳瞧我這個最小的孫女，她就會畫，等明兒叫她畫一張如何？」劉姥姥聽了以後，忙跑過來拉住惜春說：「唉喲！我的姑娘，你今年多大年紀啊？這麼小小的一個孩子又長得這麼一個好模樣，還會畫畫！別是神仙托生的吧！」姥姥一說完，大家又笑了！隨後賈母稍微歇了一會兒，便領著劉姥姥站起來，準備帶她好好地去見識見識大觀園裡真正好風光。

剛剛我們說到惜春會畫畫，這裡賈母指出了四姑娘惜春，已為日後的故事埋下了伏筆。日後當惜春準備要畫畫的時候，薛寶釵、林黛玉、賈寶玉，甚至王熙鳳等人都進來幫了忙，所以這個故事就會越來越繁複、越來越熱鬧，曹雪芹就是這樣將賈府中的藝術文化藉由生動有趣的情節，層層渲染開來。因此我們別看作者似乎只是輕輕一筆帶過，其實早已隱伏後來無限開展的可能性，等著我們繼續探索。

話說賈母稍歇了一會兒，便帶著劉姥姥說：「來來來，我帶妳瞧，這邊才是剛進門，有更好的風光在後頭，讓我帶妳去看一看。」那麼，我們就來看看她們第一站來到了哪裡呢？這第一站就是《紅樓夢》第一女主角林黛玉住的瀟湘館。眾人一進瀟湘館，只見了兩邊盡是翠竹夾路，中間有一條小小的甬道，兩邊是滿滿密密的竹林，所以說：「只見兩邊翠竹夾路。」那地下則是蒼苔滿布，中間有一條羊腸小徑，而這一條羊腸小徑便是鋪石子路。大家想想，這個地方是白石子的路，兩邊又是幽靜的墨綠翠竹，如玉般的白石配上瑩潤的竹綠，這便成為林黛玉的主色調，真是非常純靜而且高雅呢！我時常想起抗戰年代出了一部非常著名的小說，也和《紅樓夢》情調非常相似，那就是鹿橋的《未央歌》。書裡第一女主角藺燕梅，她一登場，作者便從她的宿舍、書包與書套等物件來鋪陳她最喜歡墨綠，這大約也暗含了瀟湘館的色彩意識吧！

那麼我們再繼續往下看。劉姥姥進門以後，卻不走這白石子甬路，而是走旁邊的青苔路。我們剛才原說了這個白色的鋪石子與旁邊綠油油的青苔，還有一眼望過去兩邊密密的蒼翠竹林，形成純潔白石與蒼翠墨竹相輝映的視覺美學。此外，還有地上一層鮮豔得像地毯一般柔軟的青苔，又在白色與墨綠之間形成參差相間的調和色調。同時，青苔與石頭、竹子的堅硬相比，其質地柔軟而輕嫩，因此瀟湘館的環境不僅讓我們的視覺非常舒適，而且人們走在其間，一定也能融入景致之中，感受到女主人的清雅、幽靜與高貴。不過一般人走進瀟湘館時，自然是要走在石子路上的，因為如果走在青苔上，容易滑倒。而這姥姥卻偏偏讓出了石子路來給大家走，自己卻寧可走在這個青苔路上，旁邊的人都對她說：「姥姥，妳上來，仔細蒼苔滑了腳。」那姥姥怎麼說呢？她說：「喲！不相干的，我走熟了的，我在鄉下地方都是走在這種草地上的，姑娘們你們別管我，你們自個兒走好，你們這些女孩子穿的都是很漂亮的繡花鞋，仔細別沾髒了。」

可是她只顧上頭和人說話，不防腳底下真的咕咚滑倒，竟跌了一跤！結果所有的丫鬟都拍手哈哈笑，賈母就罵了：「你們這些壞小蹄子，還不趕緊將姥姥攙起來，只顧站著笑。」就在說話之間，劉姥姥已經自己爬起來了，她自己也不好意思地笑了：「才說嘴就打了嘴。」賈母就問她：「老親家可曾扭著腰了不曾啊？叫丫鬟們給你捏一捏、捶一捶，好不好？」劉姥姥說：「我哪裡就這麼嬌嫩了？我們在鄉下哪天不跌個一兩下子，這要是都捶起來的話，那還了得！」我們從以上這個段落，看得出來，曹雪芹很輕鬆地就點出窮人與富人生活的巨大差別。像這樣的段落，我們若是多讀幾次，恐怕是要心酸掉淚的。

然而眾人說著話，就來到瀟湘館的正屋了，林黛玉的丫鬟紫鵑早打起湘簾來讓賈母等人走進去，而林黛玉則是親自捧了一個小茶盤，這個盤子上有一碗蓋碗茶鍾，是要奉予賈母的，那王夫人馬上就對林黛玉說：「我們不吃茶的，過一會兒就走，姑娘不用倒了。」林黛玉聽說了以後，忙把自己窗下的一張椅子挪到下手來，請王夫人坐了。這時劉姥姥就開始觀察了，她不是準備要來開眼界的嗎？剛剛已經在綴錦閣看了這麼多各式各樣款式新穎、造型美觀的傢俱，連船槳、撐篙都有。現在來到了瀟湘館，我們瞧瞧她看見了什麼。從接下來情節中，我們也將發現，原來曹雪芹是有意透過一個外人——劉姥姥的視角，來帶領讀者檢視大觀園的風雅與奢華。

首先，劉姥姥看到窗下有一張書桌，書桌上設著筆墨紙硯，牆壁上有個書架，書架上壘著滿滿的書，幾乎都塞不下縫了。這劉姥姥就猜想了，然後大聲地把她自己內心的料想說出來，她說：「這必定是哪位哥兒的書房了。」賈母就笑著指指黛玉說：「不是的，這間是我這個外孫女兒的屋子。」劉姥姥仔細打量了一下林黛玉，便笑著說：「這哪像是個小姐的繡房？這裡竟比那上等的書房還要好！」大概是由於自由聯想的關係，賈母聽劉姥姥說「上等的書房」，就馬上想起來賈寶玉，因此開口問道：「咦！寶玉怎麼不見？」對喔！怎麼這麼久了，還沒見到賈寶玉呢？寶玉去哪了呢？

聰明的讀者也許已經發現，曹雪芹在《紅樓夢》這部書裡，隨處都在暗示他試圖翻轉性別意識的寫作態度。在傳統的觀念裡，像瀟湘館這樣一處極高雅的書齋，任誰都會以為這應該是哪個公子哥兒的書房。可是曹雪芹偏偏要藉由賈母的口中告訴世人：「不是的，這是我這個外孫女兒的屋子！」可以想見，在曹雪芹的意識裡，女孩兒本就可以讀書讀得比男孩子更勤！藏書量也遠遠高於男孩的書房。這就是作者初步在這裡發表了他的性別觀念。

賈母這時想起來：「咦！寶玉怎麼不見了呢？」於是開口問到她這個最心愛的孫子，眾丫鬟們就回答了說：「老太太，寶玉跑到這個池子上去划船了！」於是賈母又問：「妳們今天預備下船了嗎？」李紈說：「是啊！今天早上我們想起也許老太太會高興想坐船，所以我們就開了樓房和倉庫，先預備下了。」賈母聽說了以後，才要說話，旁邊馬上又有人稟報：「姨太太來了。」誰是姨太太呢？她就是薛寶釵的母親——薛姨媽。當然這位是客人，所以賈母等人就站起來，只見薛姨媽趕忙地走進瀟湘館來，大夥兒一面坐下，一面笑著說話。這時薛姨媽先講話了，她說：「今兒個老太太高興，這早晚就進來了！」

我們要注意這段話，他說：「今兒老太太高興，這早晚就進來了！」早晚，其實並沒有「晚」的意思，而是「早」的意思。她很驚訝，老太太今天這麼早就進來了！於是賈母也笑著回說：「我才說今天大夥兒要一同遊園，誰來遲了要罰他的，沒想到姨太太就來遲了。」當然這也是一句輕鬆的玩笑話，因此大家又說笑了一會兒之後，賈母突然瞥見林黛玉這瀟湘館的紗窗舊了，顏色不好看了，於是他就和王夫人說：「這個紗窗要新糊上去的好看，過了一段時間，這個紗的顏色就不翠了，這個院子裡頭也沒個桃花紅、杏花白的，這個竹子已經是綠的了，如果再拿這個綠色的紗糊上去，反倒不配。我記得咱們家倉庫裡頭有四、五種顏色的紗，可以糊窗，也可以糊紗門的，明兒給她換了吧！」

這件事情當然也不歸王夫人來管理，而是歸王熙鳳的。因此鳳姐忙回說：「有有有，昨天開了庫房也看見了那麼多顏色的紗料呢！」所以我們知道，古代園林的窗紗當然不是像我們現在用尼龍的，而是以純蠶絲的羅紗來做糊窗子。我們聽王熙鳳說：「昨兒我開庫房，看見了大板箱裡頭有好幾批銀紅蟬翼紗呢！」大家聽聽「銀紅蟬翼紗」，這名字多美啊！銀紅色的，而且薄如蟬翼，所以叫做銀紅蟬翼紗。上頭還有彩繪和繡花，繡了各式各樣折枝的紋樣，如果我們現代人的紗窗也這樣做，那將會多麼精致而且古意盎然呢！銀紅色薄如蟬翼的紗，糊在各種形狀的窗櫺上，上面還有雙面繡花，繡著小蝴蝶、小蜜蜂、蚱蜢、折枝的桃花、杏花……，試想一下，這窗紗多可愛呀！我每次讀到這裡，都覺得愛不忍釋。

事實上，古人的窗紗，除了各式各樣的折枝花朵和草蟲之外，也有繡一些雲朵的、雲頭的，還有福、壽等紋樣，王熙鳳說她在倉庫裡看到的還有更華麗的，像是：百蝶穿花、流雲百蝠等等。紗料上繡了好多好多的蝴蝶，然後還有很多栩栩如生的花卉，包括：牡丹、海棠、梅花、荷花、芙蓉等各式各樣的花色，顏色又鮮豔、紗質又輕軟。鳳姐兒不禁讚嘆道：「我竟沒見過那樣的！是不是拿那個來給林妹妹的窗子糊上呢？我另外也想要拿兩匹來做這個枕套和被套。」我讀《紅樓夢》，看到這一段，常想：如果這樣的料子給我做棉被和枕頭套，一定美極了！尤其我最喜歡百蝶穿花的樣式，也喜歡各式各樣折枝花朵繡在絲質被套上面。拿來糊窗子也可以，拿來做枕頭套、被套也可以。我們大家讀到這一段的時候，不都覺得賈府的床單、被單、枕套，還有他家的紗窗，簡直是美不勝收呢？！

可是大家知不知道，賈母聽了王熙鳳的讚嘆，突然很不屑地罵了王熙鳳一下子！她說：「呸！什麼銀紅蟬翼紗，人人都說妳是有見過世面的大家閨秀，我看妳真的是沒見過世面耶！連個紗也不認得，還在這裡說嘴呢！」原來這個東西不叫銀紅蟬翼紗！薛姨媽等人都笑了說：「老太太別罵她，憑她怎麼樣見過世面，也不敢與老太太比呢！老太太不教導我們，我們就不知道這些好東西是什麼名頭了。」鳳姐一聽，也立刻說：「我認錯啦！那不是銀紅蟬翼紗啊？老祖宗，妳是我的好祖宗，妳教給我吧！」賈母就笑著向薛姨媽等眾人說道：「說起這個紗，比妳們的年紀都還大，怪不得認錯！認做是銀紅蟬翼紗咧！遠遠看，也有點兒像，但是都是很薄，所以你們就認為是蟬翼紗。這不是蟬翼紗。它正宗的名字叫做『軟煙羅』。」

這無疑是一種比蟬翼紗更優質的絲綢物品。它柔軟得像一股輕煙，並且是一種羅，而不是紗。這個綾、羅、綢、緞、紗，它們的織法都不一樣，雖然都是純蠶絲的，但是它有各式各樣的織法與名目，綾是斜紋所織，布料疏鬆而且輕薄，可以用來包裝錦盒或裝裱字畫。羅，則是羅網的意思，因為它的空隙較大，一般可以用來裁製透氣的夏裝。綢，則是平紋織成，是面料最平滑細膩的絲綢織物。而「緞」，則是表面亮麗光滑，色彩極為絢爛的一種高級面料，一般用來裁製禮服。此處鳳姐兒在庫房裡看到的，可以用來糊在林黛玉窗櫺上的，其實是「羅」。而且它的名字顯示出這種織物看起來像一股輕煙似的柔軟，所以叫「軟煙羅」。鳳姐說：「沒聽過，這個名兒真好聽！紗羅我也見過幾百樣了，真的沒有聽過這個名色，從小到大真的沒聽過呢！」賈母說：「妳是活了幾歲了？在這邊大驚小怪的，妳沒見過的東西還多的是呢！以後少在我面前說嘴。說起這個軟煙羅，總共有四種顏色，一種是雨過天青色……」朋友們有沒有見過雨過天青的青瓷呢，或就是宋代大觀窯汝窯的青瓷呢？原來這個軟煙羅絲綢也有這種像汝窯般青色的。

賈母繼續說：「還有一種是秋香色，另外還有松綠色，再來就是王熙鳳看到的銀紅色。」這四種顏色在我的心目中都覺得好看極了！任何一塊布料不要說拿來糊紗門、糊紗窗了，就算做衣服我都捨不得。拿來糊了紗窗，遠遠地看就如同一股輕煙，真是很夢幻！而那個四種顏色其實都各有名稱，賈母告訴鳳姐兒：「妳昨天看到的那個銀紅色的軟煙羅，又有一個別名叫做『霞影紗』。」晚霞般的豔紅幻影！「如今皇帝深宮內院御用的府紗也沒有這樣柔軟的，只有我們家才有了，妳從今往後都要記得，這麼柔軟、這麼厚實，又這麼輕盈的一種紗，叫做軟煙羅。」

這時薛姨媽笑出來了：「別說鳳丫頭沒見過，連我也是聽都沒聽過。」這鳳姐兒就說：「知道了！明兒就派人去取來，給林姑娘重新糊紗窗就是了。」朋友們，我們讀到這一段的時候，應該立刻意識到一件事情：曹雪芹怎麼會懂得這麼多高貴絲綢的名目？包括：銀紅蟬翼紗、各式軟煙羅和霞影紗呢？原來這和曹家的背景有關，他們是康熙到雍正朝，連續三代的江寧織造，坐鎮在江寧織造府為皇室製作御用的絲綢品，有將近六十年的時間。而曹家擔任江寧織造府期間，他們也轉任過的蘇州織造，所有的工作內容就是專門提供御用的各式各樣綾羅綢緞，包括皇帝所穿的龍袍，還有皇后、公主們所用的織品。所以這個家族最熟知的就是絲綢和面料了。於是往後我們所看到這府裡所有的人物，他們的吃穿用度大概都和真實世界裡的曹家，有著密不可分的關聯。

除了服飾之外，還包括他們的飲食，也與當時的生活背景有關。因為康熙年間，皇帝六下江南，幾乎每一回都是曹寅接駕，六下江南，其中四次皇帝直接住在曹家，曹家的所有一應物件，舉凡吃穿用度都要比照皇室規格來接駕，因此我們今天看到《紅樓夢》裡的所有用品，大約直指皇室御用的等級。

那麼書中的賈、史、王、薛四大家族，除了賈府影射曹家，還有薛家呢？在小說裡說他們是皇商，其實也是影射曹家的。什麼是皇商呢？就是幫皇室和朝廷採買購辦他們宮廷日常生活要用的物件，這些都由皇商跟戶部去接洽。因此薛家應該也是很懂得皇室所有的吃穿用度，但是這回書中竟然寫道，連薛姨媽都說不認得！她說：「別說鳳丫頭沒見過了，這個軟煙羅、霞影紗，連我也沒見過。還不要說見過，我是聽也沒聽過的！」所以大夥兒就很有興趣，想要知道它的樣貌。於是王熙鳳即刻命人從庫房裡取出來，大家一看，上面果然有百蝶穿花等各式各樣折枝繡花紋樣。我們可以想像，這樣一種絲羅，糊在林黛玉瀟湘館的窗戶上，會有多好看！大家再想想，這整座瀟湘館是綠意盎然的翠竹構築而成，也就是一明二暗的三間屋子，以及一間退步，都是用竹子去搭造而成的，那麼如果再用雨過天青色來糊窗子，雖然很美，那秋香色和松花色也都很美，但是總比不上銀紅色的，因為銀紅色搭配翠竹的綠色，才搶眼！這樣的對比顏色才鮮豔，也更好看！所以老太太就要王熙鳳到庫房裡拿出銀紅色的軟煙羅，糊在瀟湘館的各式窗櫺上，這樣一定非常的亮眼醒目！打個比方，就好像一個女人化好妝以後，還要點上眼影，這樣眼睛才會閃亮閃亮的，那銀紅色的窗紗就如同這種靈巧的點綴。

林黛玉的窗戶每一扇上頭都是銀紅色的薄紗，紗窗上還有一些折枝的小繡花，還有那栩栩然靈動的蝴蝶與蜜蜂，如此想來，實在是非常精巧！令人激賞！這就是我們今天為大家談到的劉姥姥逛了大觀園的第一站——瀟湘館。大家看到了瀟湘館這樣一處清代仕女的書房，我們也談到了她們在窗戶上做了一些精美的裝飾，作者幾乎是以順帶的筆調，就讓中國最考究的絲綢用品，輕描淡寫地浮現在我們眼前。這樣美好的畫面，就是我們今天為大家講述劉姥姥進大觀園的第一站，所看到的新鮮事。那麼究竟姥姥後續又看到哪些更為之驚奇，幾乎令她眼珠子都快掉出來了，舌頭都快吐出來的事物呢？我們下回分解。

第三回

愈看愈驚奇！

《紅樓夢》裡的老人哲學

朋友們：上一回我們曾經跟大家分享了《紅樓夢》第四十回，劉姥姥進了大觀園，來到瀟湘館的時候，首先就看到了中國絲綢之美，而作者竟然不是讓我們看各種的服裝衣裳，或者說我們根本還沒看這一些，曹雪芹僅僅著墨了一幅紗窗，就已經觀之不盡！這是一種「以小見大」的寫作手法，使我們在微觀細物的描述中，窺見巍然的文明視域，作家選擇絲綢來作書寫的題材，事實上它果然就是中國物質文明中最美的品項之一。同時這段故事也透露了作者的家族事業和身世背景，亦即所謂江寧織造府和雲錦藝術。

小室

几榻俱不宜多置，但取古製狹邊書几一置於中，上設筆硯香盒薰鑪之屬，俱小而雅。別設石小几一以置茗甌茶具，小榻一以供偃臥趺坐。不必掛畫，或置古奇石，或以小佛櫥供鎏金小佛於上亦可。

臥室

地屏天花板雖俗，然臥室取乾燥用之亦可，第不可彩畫及油漆耳。面南設臥榻一，榻後別留半室人所不至，以置薰籠、衣架、盥匜、廂奩、書燈之屬。榻前僅置一小几，不設一物。小方杌二，小櫥一，以置藥玩器。室中精潔雅素，一涉絢麗便如閨閣中非幽人眠雲夢月所宜矣。更須穴壁一，貼為壁牀以供連牀夜話，下用抽屜以置履襪。庭中亦不須多植花木，第取異種，宜秘惜者，置一株於中，更以靈壁英石伴之。

亭榭

亭榭不蔽風雨，故不可用佳器。俗者又不可耐，須得舊漆方面粗足古樸自然者置之。露坐宜湖石平矮者散置四傍，其石墩瓦墩之屬俱置不用，尤不可用朱架架官磚於上。

——（明）文震亨《長物志》卷七

帳

冬月以繭紬或紫花厚布為之，紙帳與紬絹等帳俱俗，錦帳、帕帳俱閨閤中物。夏月以蕉布為之，然不易得。吳中青撬紗及花手巾製帳亦可。有以畫絹為之，有寫山水墨梅於上者，此皆欲雅反俗。更有作大帳號為漫天帳，夏月坐臥其中，置几榻櫥架等物，雖適意，亦不古。寒月小齋中，製布帳於牕檻之上，青、紫二色可用。

——（明）文震亨《長物志》卷八

事實上，皇室的織造府於元、明、清三朝，俱都坐鎮在南京，並專為皇室製做他們的生活所需織品，大到龍袍，小到一方帕子，以及皇族嫁妝等物件，都由江寧織造府、蘇州織造府，以及杭州織造府來提供。因為曹家曾擔任江寧及蘇州織造，是故絲綢這件事情就會在《紅樓夢》裡占有比較重要的細節性描述，包括那外人不得而知的某些獨家知識。因此我們可以在這樣的閱讀過程中，逐步地體會它的文本深度。

上一次我們提到了林黛玉的窗紗叫做「軟煙羅」，而且選用銀紅色的，那是帶有銀線的亮紅色，它與秋香色、石青色等，都是中國古典文獻中經常見到的顏色，也是曹雪芹整體創作中，特別複雜而有意境，值得我們細細品味的事物。其中秋香色是在綠中帶灰，而石青是介在藍、綠之間的顏色，再加上雨過天青色。這些色彩本身變化不定，有時很難捉摸，特別是在不同光線底下，以及光源角度互異的照射情況下，我們會看到深深淺淺、變化不定的光感與色彩。所以這些顏色都說不準，也很不容易掌握，因而形成某種深奧的色彩學。再加上它的質地既薄如蟬翼，很輕、很軟的同時，又需要有一定的厚度與手感，才稱得上寶貴的質地。而當它糊裱在紗窗上時，又彷彿給人一種如夢似幻、如煙如霧般的美感。可以說是在虛幻的基礎上，落實了流雲百蝠、百蝶穿花等世俗的精工藝術。僅這一個小細節，便道出中國人虛實相生、穿插藏閃與雅俗共賞等文學性的審美趣味。只這一小小物件的美學意涵，已是觀之不盡！

眾人在瀟湘館等了一會兒，那管庫房的人果然就拿了鑰匙開了庫門，取出這一匹銀紅的軟煙羅又名霞影紗的料子送過來。接著，賈母就說了：「可不就是這一個嗎？原先我說給你林妹妹糊紗窗，後來你們說想要拿來做蚊帳也使得，就用這個來試試也不錯啊。明兒呢，再找出幾匹來，我想我們家倉庫應該還很多吧！」管家答應說：「是啊！是啊！還有好多呢。」賈母就說了一些很重要的話，她說：「把這些銀紅色的全部搬出來，除了替林姑娘糊紗窗之外，大夥兒把這些都搬出來，給丫鬟們來做一些衣服穿。」我們就此來檢視《紅樓夢》所帶給我們的絲綢品味及視野，因鳳姐答應著老太太的話，準備拿軟煙羅給丫頭們做衣裳，眾人看了以後，都說這個料子真美！劉姥姥也瞇著眼睛看個了不得！然後一邊用手輕輕地去撫摸，還唸了唸佛說：「阿彌陀佛！你們拿這個來糊紗窗，我們想拿它來做件衣裳也不能夠，拿來糊窗子會不會太可惜啦？」賈母就說：「欸，老親家，妳不明白，這種布料單看很美，做衣裳就不美，這做衣裳不漂亮，那是因為要做衣裳的話，我們還有更好的布料。」鳳姐兒連忙說：「就說是啊！」然後她把自己今天身上穿的一件大紅棉紗的襖子衣襟，從外套底下拉出一角來給大家看，又向著賈母和薛姨媽說：「妳們看我今兒穿的這件大紅的襖子。」賈母和薛姨媽都說：「哦！這個就是上好的了，如今皇宮裡面上用內造的，也比不上這個。」

此處明顯地透露，賈府家用的絲織品竟比皇宮裡的還好！鳳姐兒說她這個布料很薄，然而就這麼個薄片子，還說是上用內造的呢！其實如今連官府裡頭和一般王府用的，都不能跟她們家的東西比。言下之意，就是只有我們家有，外頭買不到這麼好的衣料，連皇宮大內、官家、王府都用不到這麼好的。

賈母又想起了一件事，便對鳳姐兒說：「妳喜歡這種布料，就再去找找，我印象中還有青的。」所謂的青色，在中國文化史上是很重要的顏色。漢字中的「青」，在《說文解字》裡解釋道：「青，東方色也。」五行之中，青色屬木，對應東方。劉熙在《釋名》中也提及：「青，生也，象物之生時色也。」因此「青」的上半部是象形文，象草破土而出的形狀，是故「青」代表草木生長、欣欣向榮的春之景象與生命繁衍等涵意。與「青」有關的詞彙，很多都含有美好、正面的意義，例如青天、青史、青雲等。

同時它也是中國絲綢料子最尊貴好看的顏色。我們看清朝的官員，他們穿的官服，就是青色閃緞的，補服的前胸與後背中間還有一方繡有飛禽或走獸的絲飾。這塊補子，因絲繡與染工的技巧都很繁複，因此成為珍貴的工藝品。賈母就是希望王熙鳳再去庫房找找青色的絲料，因為這正是她們拿來做衣服的上等絲綢。她說：「若有時，都拿出來，給劉親家送兩匹，讓她帶回去做衣服，如果太多了也不要緊，劉親家你如果衣服太多了，連裡子也用這個布料做是沒有問題的，那麼剩下還有一些劉姥姥做不完的，都發下去給今兒跟咱們一起逛大觀園的丫頭們，每個人發一塊絲料做些背心，讓丫頭們穿，一天到晚把這些東西收著收著，白收著都霉壞了！」

賈老太太真是個慈善的好人，她是非常大方而且憐老惜貧，也體恤下人。更重要的是，她懂得怎麼使用東西，我們很多人都犯了一個毛病，就是東西收著捨不得用。因為是好東西，於是經常收藏著擺久了以後，一直不拿出來用，等到想用的時後，只怕就沒那份福氣了。這裡說得那樣上等的布料，擺久了也是會發霉的，一旦壞了就很可惜！所以好東西要用在適當的時機和適當的人身上，那就適得其所了。賈府中的老太太，一生都是個富貴安祥的人，她不僅見識廣博，而且懂得生活情趣，更懂得好東西要怎麼樣使用，才能夠發揮物件最美的效用。所以《紅樓夢》裡的老太太跟其他的古典小說、才子佳人劇情，或家族自傳作品等戲臺上的那些老夫人都不一樣。這位老太太真是一位生活達人！他非常清楚如何營造生活中各式各樣的美感，而且造詣很深！往後她還會告訴我們如何從事居家環境的布置，也會告訴我們怎麼樣欣賞音樂、怎麼樣聽戲、怎麼樣品笛、玩牌……，這些都是從老太太那兒告訴我們的。

也就是說，《紅樓夢》之所以好看，有一部分是來自於這些老人家的生活美學和實際的生活經驗。以往我們看《牡丹亭》也好、《西廂記》也好，我們覺得那些老夫人挺刻板的，說話和思想也都很僵化、很片面，她們腦子裡的觀念也很陳腐，可是我們再看《紅樓夢》裡的老人家，包括：賈母、劉姥姥，甚至於烏進孝、焦大……，他們都好可愛，而且各自擁有精彩的生活歷練，能帶給我們豐富的閱讀視野，給我們現代人的知識饗宴也是多元的，從這個角度閱讀《紅樓夢》其實也是非常有趣的！

那麼接下來，我們再繼續往下看。眾人欣賞了絲綢之後，便準備離開瀟湘館，那麼下一站她們要去哪裡逛逛呢？賈母站起來，笑著說道：「這個屋裡窄，咱們再到別處去逛逛吧！」劉姥姥唸佛說了：「這個屋子窄，人人都說大家子住大房，昨兒我見了老太太正房配上那些大箱子、大櫃子、大桌子、大椅子、大床，果然是威武。那老太太屋子裡頭那些櫃子，比我們鄉下人一間屋子還大還高，難怪後院子裡頭放著梯子，我先時還想：為什麼妳們的院子裡頭都放著梯子，難不成是要爬到屋頂上去不成？後來，想通了以後才知道，這一定是為了要開箱、開櫃子取東西用的嘛，如果沒有那梯子，那開櫃子拿東西怎麼上得去呢？如今我又來到這個小屋子，比那個大的越發精緻、美侖美奐又整齊了，滿屋裡的東西都只是好看，看的我愛不釋手又叫不出個名字來，我越看越捨不得離不開這個屋子了我。」

鳳姐等不及了，就說：「走吧走吧！那好看的還在後頭呢，走走走，我帶妳去瞧瞧去。」說著呢，一逕就離開了瀟湘館，出了門兒遠遠的看見一群人在池塘邊撐船！」賈母說：「欸，既然她們預備下了要坐船，咱們就坐吧！來，我們去坐船！」一面說著就往紫菱洲的蓼汀花漵這一帶走過來了。紫菱洲，這個名字好美哦！這裡就是二姑娘迎春住的那一帶，大夥兒往那方向走去，可是還沒走到，突然看到幾個婆子，手上捧著大盒子走來了，她們手上提著木質的漆器，都是非常精緻的大盒子，而這些盒子是屬於什麼樣的款式呢？原來是「捏絲戧金五彩大盒子」。這些美侖美奐的漆器，可能是深黑色的，要不然就是酒紅色，也有褐色的。這油光細膩的漆盒上有金絲描線，彩繪五彩花紋，圖案也許是亭台樓閣、人物花鳥，或是牡丹富貴等等。僕婦們拿著這樣的大盒子走進來，大家一看就知道：「是我們的早飯來了！原來我們都忘了吃早飯了！」鳳姐因此問王夫人：「今兒個早飯要擺在哪裡呢？」往常她們會在各自的屋裡頭吃早點，而寶玉會來向賈母請安，也會陪同賈母用早餐。可是今天直到這會兒都還沒用早餐就出來了。

今兒一早大家都來到大觀園，於是廚房的人也就帶著早餐追過來了。那麼早餐該擺在哪兒呢？王夫人就說了：「妳去問老太太，老太太愛擺在哪裡就擺在哪裡。」賈母聽說了以後，回頭說：「我喜歡在妳三妹妹那裡。」我們說過元、迎、探、惜四姊妹，元春、迎春、探春、惜春，現在說的三妹妹就是探春。而探春住的地方叫做「秋爽齋」，這個名稱是探春整體給人的感覺和氣象。她的個子高挑，如果換成是今天的話，恐怕是可以當模特兒的身材，她高挑、瘦長，精神很好，而且個性非常爽朗，有點中性的性格，不是太女性化的傾向。所以她住的地方叫秋爽齋。那麼為什麼賈母喜歡在那裡擺早飯呢？等我們進去領略那兒的風光以後，大家就知道了。

賈母對鳳姐兒說：「妳三妹妹那裡就好，妳帶人去那裡擺早飯吧，我們從這裡坐船過去。」鳳姐聽說了以後，回身同探春、李紈，還有兩個丫鬟，她們都是賈母身旁一等一的大丫鬟——鴛鴦和琥珀，把剛剛我們說的捏絲戧金五彩大盒子提到了秋爽齋，而且她們是抄近路來到秋爽齋的。剛剛提到賈母有八個丫鬟，有的用鳥類來命名，譬如說：鴛鴦、鸚哥；另外幾個用珠寶來命名，所以有：珍珠、琥珀，而珍珠後來改名為襲人，給了寶玉；鸚哥則改名為紫鵑，給了黛玉。此外，最美麗的晴雯，原本也是在賈母屋裡服侍的，後來也給了寶玉。

總之，鴛鴦和琥珀帶著人來到秋爽齋擺早飯。她們進到大廳，這裡叫做「曉翠堂」，空間十分闊朗，是幾個房間打通了以後，形成這樣開闊的大空間。當中擺了一座花梨大畫案，有大理石的桌芯。桌上有寶貴的硯臺數十方，和如同樹林一般多的毛筆。此處是作者繼林黛玉的瀟湘館之後，更進一步展演女性的書卷氣息與她們文學生活的文化場域。因此，曉翠堂的牆上有顏真卿和米襄陽的書畫真跡，不僅顯示女主人的胸襟開闊，同時也展現她收藏字畫的品味不凡。這就是為什麼賈母特別欣賞此地的原因。而鴛鴦、琥珀等人便在這曉翠堂上，調開桌椅，擺起早飯來了。

此時曹雪芹不說老太太帶著大家坐船，卻說鴛鴦、琥珀在這邊擺早飯的情形，可見鴛鴦、琥珀在這裡擺早飯比較有趣哦！怎麼說呢？鴛鴦笑著跟琥珀還有王熙鳳說話，她們一邊擺早飯的時候，一邊說：「唉，天天的咱們都說外頭的老爺們吃酒吃飯都會請一個說笑話、逗趣的、蔑片相公拿他來取笑，這個吃飯的時候太嚴肅太安靜，就沒意思，總得找個人說說笑話、嘻嘻哈哈的，這個飯才吃的香嘛！那麼外頭的人，那些老爺、少爺們他們吃飯的時候，總是找人來逗趣，說笑話，插科打渾的。可巧，咱們今兒個也得一個女蔑片、女清客來給我們說說笑話了！」可是李紈卻聽不懂，她是個老實人，聽不懂鴛鴦的意思。原來鴛鴦是想要找這個劉姥姥來耍弄耍弄，說說笑話。而李紈向來厚道，從未想過要耍弄別人，因此聽了她們的話，只是不解。鳳姐兒卻馬上就知道她們是要耍劉姥姥玩，讓大家今天早餐吃得特別的興味盎然！因此也笑著說：「好，咱們今兒就拿她來取個笑！」於是和鴛鴦兩人如此如此這般這般，私底下商議起來。

至於商議的內容是什麼？那當然要賣關子啊，所以曹雪芹沒有告訴讀者她們是怎麼商議的，只見李紈說：「妳們一點好事也不做，又不是小孩子了，這麼淘氣！仔細老太太說妳們。」鴛鴦很俏皮地反駁說：「很不與妳相干！凡事有我呢！老太太說了也是有我來頂著。」正說著，只見賈母等人走進來了。大家各自隨便坐下。他們已經划了船，然後進了秋爽齋，丫頭們先端茶過來，大家喝了茶，王熙鳳就拿了一個西洋的毛巾，裡面裹著一把烏木三鑲銀的筷子，然後開始數一位、兩位、三位、四位，然後擺筷子。烏木是由麻柳、紅椿，甚至於金絲楠木等木材，長期自然埋藏於地下，因缺氧與高壓的緣故，在千萬年的歲月中碳化成質地堅硬細密，而且色澤豐富的木材。烏木的材質與色澤非常多樣，有的烏黑透亮，有的灰褐如天上的雲，有的紅潤得像是花崗岩，還有那燦爛有若黃金……，總之烏木是非常珍貴的木材。特別是金絲楠木埋藏在地下四千年以上，因而形成外黑內黃的古楠木，更是稀世珍貴的上選之材。如今我們看到賈府使用的筷子，便是這樣的古董極品。

這筷子的學問還沒說完呢！所謂的「三鑲銀」，就是在烏木筷子的頂端、中間和尾端，各鑲上三圈雕花的純銀片。尤其在筷子夾菜的地方乃是純銀頭。鳳姐兒所擺的就是這樣的筷子。而這樣的筷子僅是賈府日常用的筷子，後面還會出現更貴重的材質與款式，同時引發更有趣的故事！因此閱讀《紅樓夢》常有推陳出新，知識和眼界逐漸開展的體驗。

現在賈母看著看著，就說了：「把那一張楠木桌子抬過來，讓劉親家坐我旁邊。」她要劉姥姥坐她旁邊，一邊吃早飯一邊陪她說話。這裡提到的楠木，是高大的喬木，木材非常堅硬，價值也異常地昂貴！因此自古以來多用於建造宮殿。例如：明十三陵的長陵祾恩殿，就是由六十根巨大的金絲楠木建成的楠木殿，而北京故宮的南薰殿也是一座很稀罕的楠木殿。

眾人聽見賈母的吩咐，連忙將楠木桌子合力抬過來給劉姥姥使用。鳳姐就開始使眼色了，給誰使眼色呢？當然是給鴛鴦，鴛鴦立刻就意會了，於是她就把劉姥姥拉過來，悄悄的囑咐她說：「等會兒吃飯的時候，妳就如此如此這般這般，知道嗎?!」然後又叮嚀姥姥：「這是我們家的規矩，知道嗎？若是說錯了，我們要笑話妳的！」劉姥姥聰明蓋世！立刻心領神會，連說：「曉得曉得，沒問題，這個我最會了。」調停完畢，大家各自歸座。那薛姨媽是吃過了早飯了才來的，所以他她在一旁吃茶，這個地方寫得非常好！脂硯齋的批語在這邊提醒我們：「大家要注意，這個地方寫得很仔細！如果說薛姨媽也是來吃早飯的，那就太不像大戶人家的樣子，怎麼來這邊跟人家要一頓早飯吃呢？自然是在自己家吃過了以後才來的。所以寫她晚一點到嘛。她之所以晚了一點來，這裡才補充說明是因為先吃了早飯才過來的。」脂批告訴我們：「這才是有禮數的人家。若只管寫薛姨媽來這裡吃飯，成何體統?!」

開飯時，賈母帶著寶玉、湘雲、黛玉、寶釵四個孫兒坐在一起，那王夫人就帶著迎春、探春、惜春三姊妹又另坐一處，而劉姥姥就陪著賈母坐在旁邊，賈母平日吃飯的時候都是小丫鬟捧著漱口杯、漱口水、手帕、毛巾等物件，伺候在一旁的。如今鴛鴦是個大丫鬟，她早已經不當這樣的差了，那都是由小丫鬟來遞茶、遞水、遞毛巾的，可是鴛鴦今天因為一心要耍弄劉姥姥，所以偏偏的就從小丫鬟那裡接過了毛巾、手帕這些東西來，親自來伺候了。丫鬟們知道她要撮弄劉姥姥，便都讓開了，等著看笑話呢！

那鴛鴦於是站在賈母的旁邊開始伺候賈母吃早餐，一面悄悄的向劉姥姥說：「欸！別忘了！」劉姥姥也直說：「姑娘請放心。」朋友們，這頓飯究竟有多好玩呢？那劉姥姥又會給大家帶來哪些歡笑？作者希望藉由這樣的故事引領讀者體會怎樣的人生況味？我們得在此賣個關子。欲知後事，下回分解。

第四回

大夥兒都笑岔了氣！

劉姥姥人情練達

朋友們！我們在高中時期讀過的劉姥姥遊大觀園一文，是一篇情節表現突出，而且人物形象生動活潑的佳作。小說家透過劉姥姥的眼睛觀看賈府中人的生活景象，所謂「鮮花著錦，烈火烹油」，都不足以形容賈府當時的富貴繁華。然而作者卻也在凸顯賈府聲勢的同時，使我們看到了當時社會上貧富差距的現象。如果我們再對照賈府日後衰敗淒涼的場景，便能從中反映出《紅樓夢》深刻的悲劇主題。

劉姥姥看著李紈與鳳姐兒對坐著吃飯，嘆道：「別的罷了，我只愛你們家這行事！怪道說『禮出大家』。」鳳姐兒忙笑道：「你可別多心，才剛不過大家取樂兒。」一言未了，鴛鴦也進來笑道：「姥姥別惱，我給您老人家賠個不是。」劉姥姥忙笑道：「姑娘說哪裏話？咱們哄老太太開個心兒，有什麼惱的！你先囑咐我，我就明白了，不過大家取笑兒。我要惱，也就不說了。」鴛鴦便罵人：「為什麼不倒茶給姥姥吃！」劉姥姥忙道：「才剛那個嫂子倒了茶來，我吃過了，姑娘也該用飯了。」鳳姐兒便拉鴛鴦坐下道：「你和我們吃罷，省了回來又鬧。」鴛鴦便坐下了，婆子們添上碗箸來，三人吃畢。劉姥姥笑道：「我看你們這些人，都只吃這一點兒就完了，虧你們也不餓，怪道風兒都吹的倒。」鴛鴦便問：「今兒剩的菜不少，都哪裏去了？」婆子們道：「都還沒散呢，在這裏等著，一齊散給他們吃。」鴛鴦道：「他們吃不了這些，挑兩碗給二奶奶屋裏平丫頭送去。」鳳姐兒道：「他早吃了，不用給他。」鴛鴦道：「他吃不了，餵你們貓。」婆子聽了，忙揀了兩樣，拿盒子送去。鴛鴦道：「素雲哪裏去了？」李紈道：「他們都在這裏一處吃，又找他做什麼？」鴛鴦道：「這就罷了。」鳳姐道：「襲人不在這裏，你倒是叫人送兩樣給他去。」鴛鴦聽說，便命人也送兩樣去。鴛鴦又問婆子們：「回來吃酒的攢盒，可裝上了？」婆子們道：「想必還得一會子。」鴛鴦道：「催著些兒。」婆子們答應了。

——《紅樓夢》第四十回

此外，這裡最大的藝術成就還在劉姥姥一角兒。她於大觀園中鬧了不少笑話，然而卻是在村野鄙人的表象背後，透顯出通達人情世故的品格。她明知道王熙鳳故意拿她當作取樂的對象，卻仍願意配合演出，因為她體會到王熙鳳的用意在於營造一個暢快和樂的宴會場景，因此劉姥姥願意成全她的安排，於此我們也可以看出劉姥姥樂意與人為善的美好性情。

以下這段文字中，還有一個特點，那就是語言的豐富性與精彩呈現。作者僅是寫一個「笑」，就有各式各樣的展演，例如：史湘雲「撐不住，一口飯都噴了出來」，林黛玉「笑岔了氣，伏著桌子噯喲」，賈寶玉笑得「早滾到賈母懷裡」，而賈母則「笑著摟著寶玉叫『心肝』」，就連平常不苟言笑的王夫人，都「笑的用手指著鳳姐兒，祇說不出話來」，而薛姨媽「也撐不住，口裡茶噴了探春一裙子」，探春則「手裡的飯碗都合在迎春身上」，年齡最小的惜春笑得「離了坐位，拉著他奶母，叫『揉一揉腸子』」，至於丫頭們則是個個「彎腰屈背，也有躲出去蹲著笑去的，也有忍著笑上來替她姊妹換衣裳的」。作者將在場的人物刻畫得有聲有色，每一個人的反應、動作、姿態、神情都不相同，亦皆曲盡其妙，顯現出高明的寫作能力，因而成為《紅樓夢》中著名的篇章。接下來，我們就來看看這段精彩的故事，是怎麼發生的。

原來當日大家在秋爽齋的曉翠堂裡入了座以後，劉姥姥首先就發現，她那雙筷子拿起來很重，是陳年的材質，骨董的東西，價值高！但是不一定好用。這雙筷子沈甸甸的，其實它是一雙老的、骨董的象牙筷。因為王熙鳳和鴛鴦商議定了，每一個人不是都拿著烏木三鑲銀的筷子嗎？只有在劉姥姥的座位上放了一雙陳年的四楞象牙鑲金的筷子，象牙的材質細膩潔白、溫潤滑膩，它做成筷子，也可以拿來試毒。一般因為價值很高，所以是收藏的珍品。如今卻出現在一位村姥姥的手上！況且筷子頂端的地方還是鑲金的。拿著相當貴重的骨董鑲金象牙筷子，那劉姥姥卻說：「這個叉爬子比俺家裡的那個鐵鍬還沉，哪裡強的過它，怎麼吃飯啊？」說的眾人都笑起來了！接著，有個媳婦走過來，把盒子揭開來，將一碗一碗的菜往外端，王熙鳳就偏偏揀了一碗鴿子蛋，放在劉姥姥的面前，劉姥姥已經拿了骨董鑲金的象牙筷子要吃飯了，結果第一道菜上來的竟然是鴿子蛋，這麼重的筷子要夾這個滑不溜丟的鴿子蛋，叫她怎麼吃呢？

朋友們，讓我們再隨著《紅樓夢》第四十回的描寫，於腦海中勾勒這極為衝突的畫面：劉姥姥進了華美的大觀園，來到闊朗的秋爽齋，與榮府權力層峰的史太君臨座吃早餐。別人拿的都是烏木三鑲銀的筷子，只有劉姥姥坐在一張楠木桌子面前，桌上放了一雙特別的筷子，小說裡形容那是一雙「老年四楞象牙鑲金」的筷子，而且那筷子頂端的地方，還以純金打造了兩塊筷頭鑲在上面，因此這雙筷子無疑是太重了。姥姥一方面被囑咐了要逗大家笑，另一方面也是沒見過這樣的一雙筷子，於是開口就稱它為「叉爬子」！還說：「比俺家裡面的鐵鍬還沉！怎麼用啊？」這筷子已經不好使了，偏偏的王熙鳳又從食盒裡面端出來一道鴿子蛋。其實鴿子蛋非常的難得，因為鴿子平常下蛋的數量很少。同時鴿子蛋的營養也很豐富，而且它有藥用的價值，因此被譽為如同人參的等級。這樣就能從側面觀察出，賈府早餐吃的蛋，也不是一般的雞蛋。因為鴿子蛋的口感非常細嫩滑膩，同時不僅口感好，又富含高蛋白，以及多種維生素，如果可以長期當做早餐食用，便能增進血液循環、護膚養顏，並有清熱解毒等功效。女性食用，還能治療貧血，使人容光煥發！

醫學證明，白鴿蛋含有豐富的蛋白質、維生素和鐵，同時它的核黃素含量是雞蛋的二．五倍，卵磷脂含量也比雞蛋高三至四倍。再加上它的產量非常少，不像鵪鶉蛋或雞蛋那樣可以量產，所以市場價格非常昂貴！在《紅樓夢》裡，我們看到賈母一天的開始，在早餐時，端上來的竟然是這麼罕見的鴿子蛋，便可以想見榮府的生活景況了！

只不過劉姥姥的貧寒生活又是另一種光景，因此她不能體會鴿子蛋的高昂價值與細緻口感。而且此刻她拿著一雙沉甸甸的筷子要夾起這鴿子蛋，那更使她無暇顧及其他了。這時只聽賈母說了一聲：「老親家，請。」劉姥姥一聽說了以後，便馬上站起來，因為鴛鴦早已吩咐過了。所以她立刻高聲說道：「老劉、老劉，食量大如牛，吃一個老母豬不抬頭！」說完了以後還鼓著腮幫子，把自己裝成一隻大母豬的樣子，看起來好胖哦！

那眾人先是發楞了，接著全家上上下下都哈哈大笑起來！那史湘雲掌不住一口飯就噴出來，林黛玉扶住自己胸口，說：「笑岔了氣啊！」又倒在桌子上，「唉喲！唉喲！」地喊著。而賈寶玉早滾到賈母的懷裡面去，賈母也笑著抱著他的寶貝孫子說：「心肝耶！」一邊抱著他的孫子一邊笑。那王夫人用手摀住嘴，另外一隻手就指著王熙鳳只是笑著說不出話來，薛姨媽也掌不住啊一口茶都噴出來了，噴到了探春的裙子上，探春笑得手軟了以後，他

的飯就倒到迎春的身上了。那惜春笑得站起來以後拉著他的奶媽說：「我笑得肚子好痛哦！幫我揉一揉，幫我揉一揉啊！」所有的奶媽、丫鬟們都笑得了不得！然後因為有一些人的茶翻了，有一些人的飯倒了，所以趕緊一邊笑一邊上來收拾。還有一些人要換衣裳的，也得要趕緊忙換了。唯獨鳳姐兒和鴛鴦兩個人撐得住，還只管讓劉姥姥說：「吃啊，吃啊！」她們兩個就是不笑，可是大家都笑得要命！

那劉姥姥便拿起剛剛說的一雙老年四楞象牙鑲金的筷子，怎麼拿就只覺得不聽使喚，然後就說了：「妳們這兒的雞也正，下的蛋也小巧，我從沒見過這麼小的雞蛋，怪俊的！我且吃一個吧！」眾人才剛笑完，又開始笑起來了，因為她把那鴿子蛋當成雞蛋了，還說你們這兒的雞長得特別俊，生的蛋也這麼小巧，我看這麼小的雞蛋好可愛，我就先吃一個吧！大家剛笑完，聽到她又講了這個笑話，於是又笑出來了！那賈母笑得眼淚都流出來了，琥珀就在後頭幫賈母捶捶背，賈母笑著說：「定是鳳丫頭促狹鬼鬧的，快別信她的話了！」那劉姥姥正誇這個雞蛋小巧，要去夾的時候，王熙鳳在旁邊突然嚇唬她一聲：「小心一點吃，一兩銀子一個呢，你快嚐嚐吧！冷了就不好吃了！」因此劉姥姥正要夾下去的時候，被她嚇了一跳，聽說一兩銀子一個，遂緊張得一直夾不起來，在碗裡頭鬧了好久，好不容易夾了一個起來，然後伸著脖子、伸著舌頭正要吃的時候，偏又滾到地下去了。我想這恐怕還是劉姥姥故意讓它掉到地下去來逗大家笑的。

那鴿子蛋滾到地下去之後，她又忙忙的放下象牙筷子要去撿蛋，可是她哪裡撿得到?!在旁邊服伺的人這麼多，早有個丫鬟蹲下去把鴿子蛋撿走了。賈母就說：「唉喲！你們怎麼拿那樣的筷子啊？」這劉姥姥還在滿地找那個鴿子蛋，因為她認為那是一個全世界最小的、最俊的雞蛋，因此滿地爬，到處找，一邊嘴裡說：「一兩銀子呢，連個聲響也沒聽見就沒了。」眾人又是笑！這會兒大家已經確定沒有心思吃早飯了，因為笑都笑飽了。賈母便說：「這會兒子拿這個筷子出來做什麼？又不請客，都是鳳丫頭指使的，還不快換了呢！」原來大家並沒有準備要用象牙鑲金的筷子，這雙筷子是鳳姐和鴛鴦特別拿來的，現在聽賈母說要換，於是很快的就換上了一雙和大家一樣的烏木三鑲銀的筷子，劉姥姥又有話說了：「妳們家真是去了金的，又是銀的，到底不及咱們鄉下那一種筷子襯手。」鳳姐兒假裝無奈地說道：「沒辦法，菜裡若是有毒，這個銀子一試下去，就試出來了嘛。」劉姥姥說：「啊?!你們家這個菜裡若是有毒啊，咱們鄉下那些菜都成了砒霜啦！哪怕是毒死了，我今兒也要吃盡囉！」賈母見他如此有趣又吃得這麼香，就把自己的菜都端來，全部給她吃。又命一個老媽媽來，將各式各樣的菜都給板兒這個劉姥姥的小孫子吃。這祖孫兩個真是吃得好開心喔！

一時吃完了早飯，賈母等人就到探春的臥房去休息，我們才都看到了瀟湘館的裝潢了，這會兒再來瞧一瞧探春臥房裡頭的情況。小說裡寫道：這裡收拾了殘桌之後，大夥兒都進入到了探春的臥房裡頭去休息。正當大家休息的時候，外頭又開了一桌飯菜來，這是什麼人還沒吃飯呢？大家別忘了，是王熙鳳、李紈，還有琥珀、鴛鴦這些丫鬟們，她們伺候了老太太、太太，還有這些姑娘們吃完飯以後，這才輪到她們坐下來吃飯呢。劉姥姥看著李紈、王熙鳳這會兒才坐下來吃飯，嘆了一回氣，她說：「別的倒也罷了，我只愛妳們家的這個行事作風，怪道世人都說『禮出大家』。」意思是，這個禮節、禮儀要在大家庭裡頭才看得出來，那窄門淺戶、小家碧玉的，她們是行不出這些禮數的。劉姥姥稱讚王熙鳳等人：妳們這些人禮數真是周到！我就愛看妳們這些禮數。王熙鳳陪笑說道：「您老可別多心，大家剛才不過就是想要逗老太太開心，取個笑。」一語未了，鴛鴦也走過來說：「姥姥別惱，我給您老人家賠個不是吧！」劉姥姥就笑著說：「姑娘千萬別這樣，這是說哪裡的話呢？咱們大家都是想要哄著老太太開個心兒，這有什麼可惱的呢？

妳先囑咐我了，我就明白了，不過是大家取個笑，我心裡要是真惱，我就不會這麼說了，是不是啊？」鴛鴦就回頭說了：「欸？妳們這些人做什麼的，都不給姥姥倒茶嗎？」劉姥姥忙站起來說：「剛才有個嫂子已經倒杯茶給我了，我已經喝完了，姑娘您也該用飯了。」這時王熙鳳就拉著鴛鴦說：「妳坐下和我們一塊兒吃吧，妳別再分等級了，等會兒我吃完了又換妳吃，這樣鬧下去這一個早飯開不完的，所以妳坐下和我們一塊兒吃了吧，省得又鬧。」有鳳奶奶這一句話，那鴛鴦才敢坐下跟王熙鳳、李紈一同就吃了飯。

這時劉姥姥一邊看著她們吃飯，又說話了：「我看妳們這些人只吃這麼一點就完了，虧妳們也不餓，怪道這個風吹一吹呢，都要倒的。」鴛鴦一邊吃飯的時候一邊就問：「今兒剩的菜也不少，都放到哪去了？」因為大家今天根本就沒有心情吃飯嘛，所以剩了很多菜，婆子們就回說：「都收起來了還沒散呢，在這裡等著發落。」鴛鴦就說了：「妳們也吃不了這麼多，給二奶奶屋子裡頭的平丫頭送去吧。」王熙鳳一邊吃飯一邊說：「不用了，她早就吃過飯了，不用給她的。」鴛鴦說：「就算她不吃，餵妳們的貓也可以，送去吧！」我們來看看，《紅樓夢》裡無處不是禮數！不是實際上吃不吃的問題，而是要看禮貌周不周到。那些婆子聽了以後，連忙揀了兩樣放在盒子裡頭，要送去給平兒。接著鴛鴦又問：「大奶奶的丫鬟素雲在哪裡？」就是指李紈的丫鬟素雲，李紈就說：「她們也都吃過了，別給她們了。」「寶玉屋子裡頭的襲人呢？你們倒是選兩樣給她送去吧！」這是王熙鳳說的。鴛鴦聽了也說有道理，於是就叫人在食盒裡面挑了兩樣裝上，給襲人送去。

鴛鴦接著又吩咐眾人，早飯以後，大家要聽戲，那時還需要吃酒的點心，那麼今天的酒和點心是不是都準備好了呢？那婆子回說：「廚房正在趕，想必還要一會兒。」鴛鴦便說：「催催先，快一點！」那婆子應諾了就去了。這個時候鳳姐兒吃完了飯站起來，走進了探春的房中，看到大夥兒都在探春的臥房裡頭說笑話，那麼究竟眾人在探春的屋子裡頭，都說了哪些笑話呢？探春的秋爽齋比起林黛玉的瀟湘館又有哪些更風華絕代、更美侖美奐的器物，值得我們欣賞呢？欲知後事，下回分解。

第五回

素喜闊朗

探春的野逸情調

朋友們，上回我們曾經預告這一回將帶領大家一窺三小姐探春高雅的書房——秋爽齋。在我們登堂入室之前，先來了解一下探春的為人、處境與性格特徵。首先，在《紅樓夢》裡，我們經常看到曹雪芹對人物的形象有很戲劇張力的設計，我想他是希望從而凸顯個人生命中許多無可奈何的情境，甚至於是無解的難題。例如：王熙鳳在賈母口中是個霸王似的人物，不僅性格好強，而且作風也非常強勢！可是偏偏她有一個在古代家族觀念裡很令其難堪的弱點，就是沒有子嗣。為此，她迫害了尤二姐！即使連和她不對盤的尤氏，也有個漂亮的兒子賈蓉；可憐守寡的李紈，就因為有個蘭哥兒，因此得到多少長輩的疼惜！我們想想王熙鳳平生最蔑視的人之一，就是趙姨娘。然而即使形象猥瑣如此人，竟也還有一個結結實實的兒子賈環！那麼一生要強、形象漂亮得恍如神妃仙子的王熙鳳，卻在這一個環節上，落入下風。曹雪芹的「薄命觀」，就是透過這樣的無奈與心酸，將人物藝術寫出了刻畫生命的深度。

探春小檔案

判詞：

才自清明志自高，生於末世運偏消。清明涕送江邊艦，千里東風一夢遙。

曲文：

「分骨肉」

一帆風雨路三千，把骨肉家園齊來拋閃。恐哭損殘年。告爹娘，莫把兒懸念。自古窮通皆有命，離合豈無緣？從今分兩地，各自保平安。奴去也，莫牽連。

燈謎：「風箏」

階下兒童仰面時，清明妝點最堪宜。遊絲一斷渾無力，莫向東風怨別離。

花卉：

杏花：《紅樓夢》六十三回「壽怡紅群芳開夜宴 死金丹獨艷理親喪」探春掣花籤所得為杏花：「眾人看上面是一枝杏花，那紅字寫著『瑤池仙品』四字，詩云：日邊紅杏倚雲栽。注云：『得此籤者，必得貴婿，大家恭賀一杯，共同飲一杯。』」

玫瑰：《紅樓夢》第六十五回，賈璉偷娶尤二姐之後，賈璉的心腹小廝興兒對尤二姐介紹家中人物，曾提及探春：「三姑娘的渾名是『玫瑰花』，玫瑰花又紅又香，無人不愛的，只是刺戳手。也是一位神道，可惜不是太太養的，『老鴰窩里出鳳凰』。玫瑰帶刺，但若不受威脅絕不主動攻擊，正如探春個性。」

循著王熙鳳的尷尬處境，我們再進一步來看看探春生平最難堪的弱點是什麼？她精明能幹，處事亦不乏殺伐決斷，連渾名都叫「玫瑰花」，意思是又美又香，可惜帶刺。只要給她辦事的機會，其手段也是很犀利的！連大太太的心腹王善保家的都遭到她火辣辣的一巴掌！更別說她的生母趙姨娘，探春幾乎從未將她放在眼裡。尤有甚者，她比王熙鳳更厲害一層的是，工詩善文，而且情趣高雅，這就不能不教王熙鳳、王夫人，甚至連李紈、薛寶釵等人，都得敬她三分。我們看她改善大觀園經濟政策的一幕，怎能不暗自嘆服？她可是整部《紅樓夢》裡唯一突出的政治人物啊！她針對面積只有大觀園一半的奴僕賴大家的花園評論道：「我因和他們家的女孩兒說閑話兒，她說這園子除她們戴的花兒，吃的筍菜魚蝦之外，一年還有人包了去，年終足有二百兩銀子剩餘。從那日，我才知道一個破荷葉，一根枯草根子，都是值錢的。」

因此她經手大觀園財政之後，便有了興利除弊的作法：「不如在園子裡所有的老媽媽中，揀出幾個老成本分，能知園圃的，派他們收拾料理。也不必要他們交租納稅，只問他們一年可以孝敬些什麼。一則園子有專定之人修理花木，自然一年好似一年了，也不用臨時忙亂；二則也不致作賤，白辜負了東西；三則老媽媽們也可借此小補，不枉成年家在園中辛苦；四則也可以省了這些花兒匠、山子匠並打掃人等的工費。將此有餘，以補不足，未為不可。」薛寶釵聽了她的主意，立刻引用《論語》，點頭笑道：「善哉！三年之內，無飢饉矣。」

然而正是這樣一位有才德，有見識，能決斷的姑娘，她的出身卻令人不忍卒睹！探春的母親是奴婢出身的妾室趙姨娘，而趙姨娘曾聯合馬道婆做魔魔法，殘害賈寶玉和王熙鳳，可知她居心歹毒！又因為不自重，動不動和小戲子們撒野、賭氣，並且將錢財看得重，為了自己的兄弟趙國基死了，想多撈幾個錢，就去找正在當家的女兒索要，絲毫不顧念眾僕婦正虎視眈眈、冷眼旁觀地看著探春如何當此重任？又能撐持多久？有這樣的母親，讓個性要強的探春很是抬不起頭來，因此她的無奈處境就一如先前所提到的王熙鳳了。

如今我們就來看看這劉姥姥進了大觀園，並且在經歷過文雅寫意的瀟湘館之後，她所看到的秋爽齋，又是怎樣的一番光景？當日劉姥姥一猜就猜錯了，她說瀟湘館是哪位公子兒讀書的書房？結果卻是一個閨秀小姐林黛玉的房間，所以我們就看得出來林黛玉平常很少拿起針線繡花繡朵的，因為她平時最愛做的事情就是讀書、寫詩、填詞和彈琴。她的風雅生活就是在這琴棋書畫當中完成。而事實上大觀園裡眾多女子盡都過著風、花、雪、月、詩、酒、茶、香的日子，只不過各人緣法不同，探春愛字畫、迎春好讀書、惜春會畫畫、黛玉喜好詩詞，又會彈古琴……因此我們看到劉姥姥每進一個院落，那個地方就代表著女主人公的感性生活史。

首先，我們來環視秋爽齋的空間布置。因探春「素喜闊朗」，隨著王熙鳳吃完飯走進來一看，「開闊」就是她性格的寫照。她喜歡開闊的居家空間，所以她將三間屋子打通變成一間，所以書上說：「三間屋子並不曾隔斷。」然後她在三間屋子打通了以後很開闊的大書房裡，正中間的地方放了一張大桌案，這一張大桌案是黃花梨大理石桌心的畫案。大家一看到這麼大的桌子馬上就意會了，這是要畫畫用的，探春當然也寫書法，而且應該喜好寫那種專門的「擘窠書」，她尤其喜歡顏真卿的字，而這位唐代的大書法家曾在《乞御書放生池碑額表》裡說：「前書點畫稍細，恐不堪經久，臣今謹據石擘窠大書。」顧名思義，這就是專門寫在扁額和碑文上的大字。我想探春可能認為寫毛筆字最好是用大楷書寫，字體端正有氣勢！如此一來，當然需要大桌子，而不是一般小巧的書桌。因她同時也甚愛畫山水與潑墨畫，所以才有這麼大的一張桌子。而這張桌子的材質也非常的講究，是花梨木的。骨董傢俱中有所謂黃花梨木的材質，又稱為降香黃檀木或海南黃檀木，其色澤金黃潤膩、材質細緻，不僅具有紅木柔美的紋理，而且帶有一股沁人的馨香氣息，因此非常受人們喜愛。也有一些黃花梨木在木紋上出現了不規則的結疤，人們稱之為「鬼臉」，因此價值又更高！

而探春的這張大案的中間還有一塊桌心是大理石的，且是有花紋的大理石桌心。如此一來，又更貴氣了！在這張很大的桌子上，纍著各種的名人法帖，放著各式各樣的古今書法界名人的字帖，還有數十方的寶硯，也就是說，她的硯台不是只有一個兩個，而是數十個，各式各樣很可觀的硯台，這其中也許有端硯、歙硯、洮硯和澄泥硯……這些應該都是她的最愛。我們這位三小姐除了喜好收藏古硯，還有就是筆筒，而且在各式各樣的筆筒裡，那大大小小的毛筆，插得就像樹林一般茂密！那麼我們就可以想像探春平時日常生活裡，她是如何大量地繪畫與書寫，這就是她生活中最酷愛的事情。

關於探春喜愛的小收藏，我們可以再舉《紅樓夢》第二十七回，當時在大觀園中，女兒們過芒種節，探春對寶玉笑道：「這幾個月，我又攢下有十來吊錢了。你還拿了去，明兒出門逛去的時候，或是好字畫，或輕巧玩意兒，替我帶些來。」寶玉道：「我這麼逛去，城裡城外大廊大廟的逛，也沒見個新奇精緻東西，總不過是那些金、玉、銅、磁器，沒處撂的古董兒，再麼就是綢緞、吃食、衣服了。」探春道：「誰要那些做什麼！像你上回買的那柳枝兒編的小籃子兒，竹子根兒挖的香盒兒，膠泥垛的風爐子兒就好了，我喜歡的了不得。誰知他們都愛上了，都當寶貝兒似的搶了去了。」寶玉笑道：「原來要這個。這不值什麼，拿幾吊錢出去給小子們，管拉兩車來。」探春道：「小廝們知道什麼？你揀那有意思兒又不俗氣的東西，你多替我帶幾件來，我還像上回的鞋做一雙你穿，比那雙還加工夫，如何呢？」

可知探春信任寶玉的眼光，希望她的二哥哥幫忙買些好字畫和一些柳枝兒編的小籃子兒，竹子根兒挖的香盒兒，以及膠泥垛的風爐子兒等這些樸拙有意思的小物件。這也看得出她在物質文化上自有主見和特殊的品鑑能力。不過礙於禮教，當時的女孩兒不能自己外出，親自挑選購買喜歡的東西，這也是很可惜和不如人意的事。

我們再將眼光放回秋爽齋的擺設，在大書桌旁邊還放了一個斗大的、可能要雙手才捧得起來的汝窯花囊。汝窯是北宋的官窯，被列為青瓷之首，也是五大名窯之冠，汝窯在宋代專為宮廷燒製御用瓷器，而且規定民間禁燒。目前傳世的汝窯瓷器不足百件，可見其非常珍貴。它的色澤很美！周世宗帝柴榮曾言「雨過天青雲破處，這般顏色作將來」，以象徵未來國運如雨過天青。至明代文震亨《長物志》中，亦提及：「柴窯最貴，世不一見……。青如天，明如鏡，薄如紙，聲如磬。」到了清代蘭浦、鄭廷桂著《景德鎮陶錄》更證明了汝窯青瓷：「滋潤細媚，有細紋，制精色異，為諸窯之冠。」而探春的屋子裡，除了有一個黃花梨中間鑲著大理石的畫案之外，在她收藏的數十方寶硯旁邊還放了一個斗大的雨過天青汝窯花囊，這種花瓶有如球體，口徑收束，而花囊身上可能有許多圓孔，以便於插上大朵的花球。

那麼探春在這美麗的深秋，於雨天青色的汝窯花囊身上，插著什麼樣的花呢？答案是滿滿的一囊水晶球菊花，也就是球形的粉嫩菊花。美在恬靜雅致之極！簡單的顏色與造形，凸顯了女主人性情澹泊自適。這間屋子西牆上還掛著一幅米芾，也就是米襄陽的煙雨圖，畫面上濛濛朧朧的山水意境，這位大畫家將江南水鄉瞬息萬變的煙雲霧景，以天真平淡的手法表現出來，使人感受到他「不裝巧趣」的真誠風貌，一般藝術史都評斷米芾藝術風格就是追求「自然」。探春喜歡它，自然也就說明了她的生活追求。與我們之前提到她要求寶玉代購的柳枝兒編的小籃子兒、竹子根兒挖的香盒兒，以及膠泥垛的風爐兒，一般地有樸拙渾然天成之美。而這幅畫左右兩邊還有一幅對句，乃是顏真卿的墨寶。顏真卿是唐代著名的書法家，他的楷書寫得非常的端方正直、天生闊朗有氣度，這幅墨寶寫的是「煙霞閒骨格，泉石野生涯」，詞句意味著探春嚮往生活在煙霞之中，於自然山水裡展現隱逸文人的生命情調。

人們都說史湘雲有名士風度，其實探春的骨子裡更透著野逸的情調。而且她的人品高潔，氣度之恢弘也可從她的住處展現出來。我們如果隨著劉姥姥逛完了大觀園之後，屆時將會發現每一個人都有其凸出的個性，而每一間屋子也都代表著主人的性格、興趣與喜好。當然我們也就可以回頭審視一番自己的居住環境，從文學的制高點來環顧我們現在住的地方，是不是也都符

合了自己的願望、需求、性格和品味呢？《紅樓夢》結合了偌大的生活課題，喚醒我們的靈魂來觀賞自己的生命況味與生活史。以這樣的角度來閱讀古典文學，不是也很有意義嗎？至於劉姥姥和大夥兒在秋爽齋裡，又發生了哪些故事呢？我們下回分解。

第六回

布衣菜飯，可樂終身

男孩與女孩的「巧」姻緣

話說劉姥姥這一趟大觀園的奇幻旅程，卻發展出日後與賈府結下了巨大的緣分，這故事的起點還非得從探春的秋爽齋說起不可！

鳳姐兒笑道：「到底是你們有年紀的經歷的多。我這大姐兒時常有病，也不知是什麼原故。」劉姥姥道：「這也有的。富貴人家養的孩子都嬌嫩，自然禁不得一些兒委屈。再他小人兒家，過於尊貴了，也禁不起。以後姑奶奶倒少疼他些就好了。」鳳姐兒道：「這也有理。我想起來，他還沒個名字，你就給他起個名字，借借你的壽；二則你們是莊家人，不怕你惱，到底貧苦些，你貧苦人起個名字，只怕壓得住他。」劉姥姥聽說，便想了一想，笑道：「不知他是幾時生的？」鳳姐兒道：「正是生的日子不好呢！可巧是七月初七日。」劉姥姥忙忙笑道：「這個正好，就叫做巧姐兒好。這個叫做『以毒攻毒，以火攻火』的法子。姑奶奶定依我這名字，必然長命百歲。日後大了，各人成家立業，或一時有不遂心的事，必然遇難成祥，逢凶化吉，都從這『巧』字兒來。」鳳姐兒聽了，自是歡喜，忙謝道：「只保佑他應了你的話就好了。」說著，叫平兒來吩咐道：「明兒咱們有事，恐怕不得閒兒；你這空兒閒著，把送姥姥的東西打點了，他明兒一早就好走得便宜了。」劉姥姥道：「不敢多破費了。已經遭擾了幾日，又拿著走，越發心裏不安起來。」鳳姐兒道：「也沒有什麼，不過隨常的東西。好也罷，歹也罷，帶了去，你們街坊鄰舍看著也熱鬧些，也是上城一次。」

——《紅樓夢》第四十二回

話說探春的大畫案上除了有寶硯、墨筆、水晶球菊和名人法帖之外，桌子旁邊還有一兩件至關重要的小事物，那便是一個汝窯的大盤子上，放了十個嬌黃玲瓏的大佛手。我們知道佛手是芸香科常綠小喬木的果實。廣東、臺灣、福建以及四川、雲南都有。它放在秋爽齋裡，真是非常的適合！因為佛手是秋季成熟的果實，在此空間裡，為探春的詩情生活增添了濃濃的秋意。

而且它成熟之後，果實變成黃顏色的，可以生食或做成乾果，倘若只是放在屋子裡純觀賞，也可以達到自然而然薰香的效果，這實在很符合女主人探春中性果香調的氣質，因為以她的個性，在香氛的偏好上，不一定會很喜歡女性化的花香粉香，所以我們直覺她會偏愛中性質感的果香味。

另外我們又看到佛手的顏色是嬌黃的，這嬌豔的黃色，是一種揉合了金色和嫩黃色之間的色調。宋代詞人晏幾道在〈生查子〉中云：「春從何處歸？試向溪邊問。岸柳弄嬌黃，隴麥回青潤。」大自然裡本有這樣嬌嫩的顏色。其實明代著名的宣德窯就是以這種顏色來製做黃釉的，這美麗的亮黃色瓷器，從嘉靖年間一直流行到清代的康熙時期。於是在清初的《紅樓夢》裡，這樣嬌黃玲瓏的十個大佛手便受人喜愛！被置放在一個形制很大方的雨過天青汝窯盤子上，則三姑娘探春的秋爽齋比起瀟湘館的擺設而言，應該說更有大家庭女子出身的氣派，整體格調自是高雅不俗。

而與這盤佛手相對的另一邊則有個書架，書架上掛著一對白玉比目磬，以白玉對汝窯，那是相得益彰、古意盎然且又低調奢華，而編磬本身也是一種樂器，以玉佩做成的敲擊樂器，用鎚子來敲擊，可以發出相當悅耳的叮叮噹噹聲響，於是我們看到在這羊脂白玉的編磬旁邊果然就掛著一個小鎚子。

這時奇妙的故事發生了！劉姥姥的外孫板兒才幾歲大，現在略略也跟大家混得熟悉一點了，就拿起那個鎚子要敲白玉磬來玩，丫鬟們上前攔住他，於是他又不乖，轉而去取那佛手說他要吃，探春就拿一個給他說：「玩吧！吃不得的。」板兒拿了這個大佛手一直在手中玩，此後大家離了秋爽齋，又觀賞了薛寶釵的「蘅蕪苑」，眾人坐船賞荷，又鬧了一頓飯的功夫，連帶著在山前樹下噹了點心……，忽然就看見奶媽抱了王熙鳳的女兒大姐兒來了，大家便又哄她玩了好一會兒。那大姐兒因抱著一個大柚子玩，忽見板兒有一個佛手，便也要佛手。那丫鬟哄她說立刻去取，可是大姐兒等不得，便哭了！眾人手忙腳亂地把柚子給了板兒，將板兒的佛手哄過來給了大姐兒，這才罷休。那板兒也因為玩了半日的佛手，此刻又是兩手抓著些果子吃，這時忽見柚子又香又圓，更覺有趣！而且還可以當球踢著玩，所以很甘願地與大姐兒交換了那佛手。

過了這漫長的一天，王熙鳳便請劉姥姥為她這唯一的女兒，也是自己的掌上明珠千金小姐來命名。因此「巧姐」這個名字正是劉姥姥給取的，因為她生的日子不好，是在七月初七，所以劉姥姥給取了個「巧」，希望將來遇難呈祥、逢凶化吉，都從這「巧」字上過關。劉姥姥說：「姑娘定要依我這名字，他必長命百歲，日後大了，各人成家立業，或一時有不遂心的事，必然是遇難成祥、逢凶化吉，卻從這巧字上來。」而《金陵十二釵正冊》有關於巧姐的判詞是：「勢敗休雲貴，家亡莫論親。偶因濟劉氏，巧得遇恩人。」從這話語中，我們可以猜測到，將來王熙鳳撒手人寰之後，生不逢時的巧姐將被狠舅奸兄設計賣到煙花之地。幸虧劉姥姥三度進入榮國府，搭救這當日為她起名字的女孩。

然而，劉姥姥最大的本事也不過就是偷偷將巧姐兒帶回鄉下，從此讓她過著布衣菜飯的貧窮生活，最終的結局大約就是嫁給了板兒，當然這總比被賈環那些壞胚子給賣到煙花巷要好多了。因此綜觀《紅樓夢》全書，直到曲終人散的那一刻，巧姐兒與板兒換柚子、佛手的意義才浮現。當她永遠地離開了繁華富貴場之後，我們才會驚覺板兒當初為什麼與巧姐兒交換禮物！其實這兩個孩子一出場就是一組鮮明的對照，一個永遠吃不飽的村野小男孩，命運註定要為生活打拚的人，卻與一位富家千金交換玩具！這難道不是打小就已定下的今生緣分嗎？

「佛手」暗喻著佛家大慈悲伸出指引與救贖之手，讓王熙鳳不至於身後落得無限淒涼！而佛手的另一個名字又叫作「香櫞」，這也是曹雪芹最著名的千里伏筆之一，以諧音字搭起一條伏線，遙遙地指射巧姐與板兒將來必有一段好姻緣。

第七回

梧桐更兼細雨

大觀園詩意濃

這會兒我們到了秋爽齋，此處種的是梧桐和芭蕉，大觀園裡所種的花草樹木其實都是文人、詩人最喜愛的，詩人喜歡竹子，詠竹詩詞並不在少數。此外，梧桐也是被題詠和賦予情感的載體，例如李清照的〈聲聲慢〉：「梧桐更兼細雨，到黃昏、點點滴滴。這次第，怎一個愁字了得！」

林黛玉的秋意情懷詩舉隅

〈代離別·秋窗風雨夕〉

秋花慘澹秋草黃，耿耿秋燈秋夜長。
已覺秋窗秋不盡，那堪風雨助淒涼。
助秋風雨來何速，驚破秋窗秋夢綠。
抱得秋情不忍眠，自向秋屏移淚燭。
淚燭搖搖爇短檠，牽愁照恨動離情。
誰家秋院無風入？何處秋窗無雨聲？
羅衾不奈秋風力，殘漏聲催秋雨急。
連宵脈脈復颼颼，燈前似伴離人泣。

寒煙小院轉蕭條，疏竹虛窗時滴瀝。
不知風雨幾時休，已教淚灑窗紗濕。

〈詠白海棠〉

半卷湘簾半掩門，碾冰為土玉為盆。
偷來梨蕊三分白，借得梅花一縷魂。
月窟仙人縫縞袂，秋閨怨女拭啼痕。
嬌羞默默同誰訴，倦倚西風夜已昏。

看完了曹雪芹筆下最精美的一間書房（事實上，《紅樓夢》裡的瀟湘館、怡紅院、夢坡齋等各院落，都有符合主人公性情的書齋），接下來我們再將視線往東邊移動，一同來看看探春的臥室，特別是她睡覺的這座床，乃是非常精緻講究的「臥榻拔步床」。什麼叫拔步床呢？這是中國古典傢俱中，最為「壯觀」的一種床！而它也是為明清時期貴族之家很流行的一種複合式傢俱。拔步床最獨特的地方，是在一般的架子床外面，再罩上一間華麗的小木屋，從外部看來，好像把床放在一座木製的小房間裡，從小房間的雕花門檻進入，沿著床邊，還有約二、三尺寬的迴廊。小房間是四角立柱，四面鑲上細密雕花的圍欄，或者安上精緻窗櫺。拔步床的主人跨步進入迴廊中，猶如走進了另一層室內空間。這裡可以安放小桌、腳踏凳等小型傢俱，也可以設計各式各樣的收納櫃，來置放許多衣物和化妝品。

可見拔步床很大！宛如一間獨立而且私密的小房子。針對多蚊蠅的南方生活環境，可以掛上簾帳來防蚊。而一旦到了北方，因為天氣較為嚴寒，如果房中多了一座小套間，則更可以保暖。拔步床有墊高的底座，以及門戶、窗櫺和欄杆，因此華麗精美異常！造價當然就很昂貴。早在《金瓶梅》中，孟玉樓想嫁給西門慶，那時媒婆介紹她時，曾強力推薦玉樓的財力驚人，她說：「孟玉樓手裡有錢，南京的拔步床就有兩張！」而這兩張陪嫁的拔步床，在後來西門慶的女兒西門大姐出嫁時，西門慶因來不及準備嫁妝，於是就把孟玉樓的一張描金彩漆的拔步床做了陪嫁。可見古代富戶女子最貴重的嫁妝之一，莫過於拔步床了。

這件古典傢俱的「拔」當動詞用，「步」是走路的意思，這是一個很可以讓人在其中走動的空間。小姐們如果睡醒了要下床，可以先在小套間裡穿戴好衣服再出來，或者半夜想要小解、早晨需要先化妝、冬天太冷的時候……，都可以待在這個套房裡。所以整座床就是一個很舒適又隱密的起居室。此時探春的臥室東邊，就設了一座臥榻拔步床，上面有蔥綠雙繡花繪草蟲的紗帳，我們看到這座拔步床的外面掛著紗帳，底色是蔥綠色的，而且上面的繡花乃是雙面繡的，這是在同一片絲質布料上，繡出正反兩面紋樣，這是中國四大名繡：湘繡、蘇繡、粵繡、蜀繡的共同追求的工藝目標。

雙面繡的歷史悠久，可以追溯到宋代，也常見於一般日用品上，例如：手帕、蚊帳、屏風……能工巧匠們甚至將傳統繪畫、詩詞、書法，用於刺繡之上，將國畫中的詩、書、畫、印與刺繡藝術融合無間。因此繡畫的製作，很需要國畫的素養，並且運用七十多種針法，以及一百多樣紛呈的色線，來傳達生動逼真、形神兼備的藝術表現力。古人說：「繡花花生香，繡鳥能聽聲，繡虎能奔跑，繡人能傳神」，達到這樣的境地，才是刺繡的高乘境界。

那麼探春這座拔步床紗帳上的雙面繡，繡的是國畫中的什麼題材呢？原來她喜歡草蟲和花鳥，所以劉姥姥的小外孫板兒就跑過來了，他實際上僅是個幼稚園大的小朋友，很會看圖認字，或是看圖說故事的。因此他指著紗帳上的繡花紋樣說：「這是蟈蟈，這是螞蚱⋯⋯。」蟈蟈兒又叫蛐蛐兒，就是古時人們捉來鬥蟋蟀的小草蟲，然後還有螞蚱，所以小板兒看到蔥綠底色絲紗的床帳上雙面繡著非常童趣的可愛草蟲，跑過來一一認著上頭的圖案。結果劉姥姥竟然打了他一巴掌！說：「下作黃子，沒乾沒淨的亂鬧，叫你到這裡來瞧瞧，你就上起臉來了！」打得板兒哇哇大哭！眾人又來勸說：「不要緊，不要緊，別打孩子。」

正亂鬧著，賈母卻隔著紗窗往外頭一瞧，然後回頭告訴三姑娘：「妳這個廊簷下院子裡頭的梧桐長得好高了，不過就是還太細了一些。」原來這秋爽齋院落裡的植栽是梧桐。之前我們為大家提到瀟湘館裡種的是千竿翠竹，所以賈寶玉拿來找林黛玉的時候，經常眼睛看到的是「鳳尾森森」，耳中聽見「龍吟細細」，因為細密的竹林與葉子看來就像鳳凰的羽毛，當風一吹過，便有一片搖曳的姿態，所以說「鳳尾森森」。而瀟湘館裡有流水聲，與前句對仗，因此說：「龍吟細細」。這會兒我們到了秋爽齋，此處種的是梧桐和芭蕉，大觀園裡所種的花草樹木其實都是文人、詩人最喜愛的，詩人喜歡竹子，詠竹詩詞並不在少數。此外，梧桐也是被題詠和賦予情感的載體，例如李清照的〈聲聲慢〉：「梧桐更兼細雨，到黃昏、點點滴滴。這次第，怎一個愁字了得！」至於芭蕉，則有白居易的〈夜雨〉：「早蛩啼復歇，殘燈滅又明。隔窗知夜雨，芭蕉先有聲。」詩人聽著蟋蟀叫聲，便起床將原本已經吹熄的燈，又點燈亮起來，他隔著窗已知道外面下雨了，因為聽見了雨打芭蕉的聲音。當曹雪芹決定要將大觀園塑造成為一個詩的國度，將來還會有風雅的海棠詩社、桃花詩社登場，那麼園中的景物自然得符合文人氣質了。於是便有了竹子、梧桐與芭蕉等詩人的最愛。而此時更風雅的氛圍又向大家傳來，因為一陣風，大家忽然聽到了崑曲的樂聲！這自然引發賈母和眾人看戲聽音樂的雅興了，而劉姥姥入大觀園的高潮戲，也即將要登場。究竟賈母帶著劉姥姥繼續往下一站要走到哪裡呢？我們下回分解。

第八回

自己的房間

大觀園女力時代

我們在過去的一系列話題中，談到了三百多年前，清初時期，當時貴族人家的少女就已經擁有自己的書房，西方世界要在一百三十多年後，才有維吉尼亞・吳爾芙提出了「自己的房間」這樣微薄的要求。至於在理財方面，則更是金陵十二釵的強項，不僅王熙鳳能管理偌大的家族收支，探春、李紈、寶釵也都曾實際參與大觀園的經營，甚至連林黛玉都曾和寶玉評論起家裡的經濟情況來：「你家三丫頭倒是個乖人。雖然叫她管些事，倒也一步兒不肯多走。差不多的人就早作起威福來了。」寶玉道：「妳不知道呢。妳病著時，她幹了好幾件事。這園子也分了人管，如今多掐一草也不能了。又觸了幾件事，單拿我和鳳姐姐作筏子禁別人。最是心裡有算計的人，豈只乖而已。」黛玉道：「要這樣才好，咱們家裡也太花費了。我雖不管事，心裡每常閒了，替你們一算計，出的多進的少，如今若不省儉，必致後手不接。」

清代著名的女性詩社：

清代女性文人成立詩社是很普遍的事，她們不僅作詩，連填詞的風氣也隨之興盛。尤其在江南，很多女子能互相結社彼此唱和，隨時吟風詠月，增添了無限閨閣逸興。清初與《紅樓夢》時代比較相近的閨秀詩社，最著名的就是「蕉園詩社」。而《紅樓夢》裡，探春邀集大觀園眾人結社之後，她這位發起人的名號正是「蕉下客」。在現實生活中，蕉園詩社有「蕉園五子」與「蕉園七子」。前者有兩種說法，一是：徐燦、柴靜儀、朱柔則、林以寧、錢鳳綸；二是：柴靜儀、林以寧、顧姒、馮又令、錢鳳綸。

其後因為林以寧又重組了詩社，並有張昊、毛媞、馮嫻、姚令則、李端明等人加入，因此史上有前五子、後七子的區別。蕉園詩社發起的時間很早，大約是在清順治年間，當時徐燦、柴靜儀、朱柔則、林以寧、錢鳳綸等

五位女詩人曾合刊詩集。待重新組織詩社之後，則有林以寧首倡，她不僅攻詩善賦，而且能作書畫，尤其長於墨竹。

蕉園詩社從順治年間一直持續到康熙時期，歷時四十多年，這些女詩人多在杭州西子湖一帶，對於女子詩詞發展與文風倡議，發揮了很大的影響力。以下是林以寧的詩。

〈得夫子書〉

經年別多思，得水才尺幅。

為愛意纏綿，挑燈百回讀。

黛玉和寶玉評論探春理家，乃是出於《紅樓夢》第五十六回「敏探春興利除宿弊，賢寶釵小惠全大體」，文中寫道：因王熙鳳生病，於是王夫人托探春、李紈和寶釵三位代為理家。其中的主角便落在了知書達禮的探春和寶釵身上。探春的形象俊秀高挑，顧盼神飛，處事敏銳果決，是一位英氣勃勃的姑娘。她胸懷磊落，遇事秉公持正，體現了毫不徇私的管理精神。儘管年紀輕輕，卻因公正嚴明，在大觀園眾僕婦之間，豎立起真正的威嚴。那些原本敷衍她、想看她笑話的管家們，最終不得不佩服她，而且也不敢再有所怠慢了。而且探春威嚴清明的作風，連不可一世王熙鳳也自歎不如。王熙鳳雖然早就洞悉到賈府坐吃山空的危局，也明白力圖改革的迫切性。然而她並不願意做妨礙主子利益的事情。反觀探春，不僅懷有深切的憂患意識，而且主動從自身階層改革起。首先她免掉了向來重複支出的款項，包括：少爺們上學的點心紙筆月錢，以及姑娘們的頭油脂粉費。接著，探春又提出開源措施，將大觀園裡的花草樹木承包給僕婦們專管料理，也很合理地讓她們從中獲取收益。如此節流與開源並舉，成為她興利除弊與務實經濟的最佳展現。

女性評論經濟，甚至直接掌握財政大權，這也是《紅樓夢》聚焦在「女學」與「女力」的文化亮點。剛剛提到的英國作家吳爾芙，她寫《自己的房間》，時間晚了《紅樓夢》一百多年，而其中所欲表達的也只是：「女人需要屬於自己的房間，一筆屬於自己的錢，才能真正擁有創作的自由。」吳爾芙提出了三項女性文明的指標，包括應該擁有自己的房間、自己的錢，和自由的創作空間，而《紅樓夢》所展現的女性社會，已超越了這些標準。

而當時女性具備創作自主的前提是良好的教育。我們看林黛玉在來到京陵城之前，在蘇州已經有了家庭教師賈雨村，因此她又為讀者帶來了一個女性身分的新視野，同時也告訴了我們當時女子讀書乃是一個常見的風氣。事實上，明清時期女性文學創作的風氣很盛。而且女性詩社也多有社團名稱、文學主張、各種體制規範、競賽獎掖辦法，甚至積極地互相評點，也設定標準來裁定名次。而大家最有興趣的還是社員之間的相互唱和，往來切磋。可以說，女性因結社作詩而使其創作欲望與能力得到了滿足和實現，同時也由此進一步建構了她們的社交網絡。

我們從康熙、雍正、乾隆年間的女性詩社的基礎成員來分析，將會發現這些社團從發起人到成員，經常都具有親戚關係，像是：母女、婆媳、妯娌、姐妹等，這一點與大觀園詩社成員之間的關係如出一轍。她們喜好以文學相聚首，閒暇時也經常以詩文自娛。最有名的是「蕉園詩社」，由顧之瓊發起，她是康熙朝錢塘人，後來兩個兒子都考上了進士。當年她組詩社時，社團裡有所謂「蕉園七子」與「蕉園五子」，而這些代表人物也都有自己的名號，一如《紅樓夢》裡的眾詩人。而「蕉園」也容易令我們聯想到大觀園海棠詩社發起人探春的名號「蕉下客」。至於蕉園詩社成立啟事〈蕉園詩社啟〉也可與探春寫給寶玉的信函對照來看，我們將更清晰地體會詩社成立的宗旨：

「今因伏几憑床處默之時，因思及歷來古人中處名攻利敵之場，猶置一

些山水之區，遠招近揖，投轄攀轅，務結一二同志者盤桓于其中，或豎詞壇，或開吟社，雖一時之偶興，遂成千古之佳談。

妹雖不才，竊同叨棲處於泉石之間，而兼慕薛、林之技。風庭月榭，惜未宴集詩人；簾杏溪桃，或可醉飛銀盞。孰謂蓮社之雄才，獨許鬚眉；直以東山之雅會，讓餘脂粉。若蒙棹雲而來，則掃花以待。」

如此具有傳承意義的文學雅興，發展至清代中晚期以後，女性得到更大的自由而能夠跨越家族來籌組詩社，甚至可以出門拜師學習，隨園女弟子們便是明證。女性的社會化文學活動，反映出清代女性創作環境的寬鬆，與德才並重觀念漸為人們所接受的事實。因此許多家族願意給予女性創作提供更多支持與提攜，甚至有所讚賞。包括讓她們擁有自己的書房，而不僅是繡房。在《紅樓夢》裡，我們所看到的瀟湘館、秋爽齋等都是上等的女性書房。此外清代的女性也有詩文的集結與出版，例如：《隨園女弟子詩選》、

《吳中女士詩鈔》等，在得到肯定與有力的傳播之餘，女性於是以才名自重，不再將閨閣女紅當作是生活唯一的重心。

第九回

俏佳人「香」夢沉酣

耐人品味的香氛世界

大觀園裡的才子佳人有別於其他同類型著作之處，在於故事中的佳人似乎沒有專門的繡房，像《天香》裡專供繡花的工房，相反的，她們擁有和男性一般的書齋，屋裡除了收藏著大套詩詞文集，還有不可勝數的筆墨寶硯、汝窯瓶囊、古琴、琴譜，此外，更有許多傳世的名家字畫。

龍腦香

《酉陽雜俎》云：「出波律國，樹高八九丈，可六七尺圍，葉圓而背白。其樹有肥瘦，形似松脂，作杉木氣。乾脂謂之龍腦香，清脂謂之波律膏。子似豆蔻，皮有甲錯。」

《海藥本草》云：「味苦、辛，微溫，無毒。主內外障眼、三蟲，療五痔，明目、鎮心、秘精。又有蒼龍腦，主風疹[黑干]，入膏煎良，不可點眼。」

明淨如雪花者善，久經風日，或如麥麩者不佳云。合黑豆、糯米、相思子貯之，不耗。

今復有生熟之異。稱生龍腦，即上之所載是也，其絕妙者；目曰：梅花龍腦。有經火飛結成塊者，謂之熟龍腦，氣味差薄焉，蓋易入他物，故也。

麝香

《唐本草》云：「生中臺川谷，及雍州、益州皆有之。」

陶隱居云：「形似麞，常食柏葉及噉蛇。或於五月得者，往往有蛇皮骨。主辟邪、殺鬼精，中惡、風毒。療傷多以一子真香分糅作三、四子，刮取血膜，雜以餘物。大都亦有精麄、破皮毛共在裹中者為勝。或有夏食蛇蟲多，至寒香滿，入春患急痛，自以腳剔出，人有得之者。此香絕勝。帶麝，非但香，辟惡，以香真者一子，著腦間，枕之，辟惡夢及屍疰鬼氣。」今或傳有水麝臍，其香尤美。

沈水香

《唐本草》注云：「出天竺、單于二國，與青桂、雞骨、馢香同是一樹。葉似橘，葉似橘，經冬不彫，夏生花，白而圓細，秋結實如檳榔，色紫似葚，而味辛，療風水毒腫，去惡氣。樹皮青色，木似櫸柳。」

重實黑色沈水者是。今復有生黃而沈水者，謂之蠟沉。又其不沈者，謂之生結。

又《拾遺解紛》云：「其樹如椿，常以水試，乃知。」

餘見下卷《天香傳》中。

白檀香

陳藏器云：《本草拾遺》曰：「樹如檀，出海南，主心腹痛、霍亂、中惡、鬼氣、殺蟲。」

又《唐本草》云：「味鹹，微寒，主惡風毒，出崑崙盤盤之國。主消風積、水腫。」又有紫真檀，人磨之以塗風腫，雖不生於中華，而人間遍有之。

蘇合香

《神農本草》云：「生中臺川谷。」

陶隱居云：「俗傳是師子糞，外國說不爾。今皆從西域來。真者難別。紫赤色如紫檀堅實，極芬香，重如石，燒之灰白者佳。主辟邪、瘧、癇、痓，去三蟲。」

——北宋．洪芻《香譜》卷上

在探春的書齋曉翠堂裡，劉姥姥的孫子板兒，因為已經與大家混得熟了，所以跑過來指著拔步床紗帳上的精緻刺繡，童言童語朗聲說道：「這是蟈蟈、這是螞蚱！」蟈蟈是蟋蟀、蛐蛐一類的草蟲，另外還有螞蚱，則是蝗蟲。所以我們就知道這幅蔥綠色床帳上的雙繡，繡的正是草蟲一類的紋樣。

那麼為何這位三小姐的紗帳上不繡一些牡丹、花鳥呢？可見她的性格是比較富有童趣的，而且她喜歡的香氣是水果的果香，我們看她在書房裡放了十個嬌黃玲瓏的大佛手。佛手柑是果香中很耐人品味的香氛。以探春的內涵，她會喜歡能夠長長久久、細細品味的事物。果類香氛又具有療鬱的功能，對居家生活也起著平穩鎮定情緒的作用。它的氣味細緻度可以達到花香系的等級，因此作為空間的主香調也完全適合。佛手柑的前味是純果香中帶有一點甜香草的氣息，中味轉為帶澀的質感，到了後味則又留存著淡雅近似花香的脂味。有時在冬天，我們也會在室內放一些柑橘科，像是：野橘、檸檬、葡萄柚、佛手、甜橙等等，讓充滿陽光的氣息停留在室內，帶給我們甜美怡人的空間感受，不僅能驅散凜冽與陰蟄的氣氛，還能增添主人心情的愉悅，無形中幫助舒緩壓力。

若是在冬季，探春喜歡果香，那麼林黛玉會在瀟湘館裡薰什麼香味呢？

我們在《紅樓夢》裡看到她在琴桌上放著幾盆水仙，這是一種非常古老品種的花卉，歷史記載中，我們可以看到，唐代即有人開始栽培，而且深得士大夫的喜愛，也有人將它標舉為中國的十大名花之一。因此黛玉喜愛水仙，也極富文人思想與情調。有意思的是，它最重要的產地便是在蘇州和嘉定。而蘇州正是林黛玉的故鄉。中國人稱它為凌波仙子、雅蒜、天蔥、儷蘭、女星、女史花、雪中花……等。名字都非常優美！很符合黛玉仙風的氣質。此外，水仙的英語是Narcissus，這個詞來自希臘神話，故事中有一位極美的少年納西瑟斯，他不愛別人，僅深愛自己的美貌，於是在一池靜水上，看著他自己的倒影，迷戀不已！最後他撲向自己的影子，化為一株他夢想中的水仙。如此自戀，不是正好也像林黛玉的寫照嗎？至於中國詩詞則有宋代詩人劉邦直的〈詠水仙〉：「借水開花自一奇，水沉為骨玉為肌。暗香已壓荼蘼倒，只此寒梅無好枝。」其中「水沉為骨玉為肌」一句，巧妙之處在於《紅樓夢》第三十七回，大觀園詩社詠白海棠，林黛玉作詩云：「半卷湘簾半掩門，碾冰為土玉為盆。偷來梨蕊三分白，借得梅花一縷魂。月窟仙人縫縞袂，秋閨怨女拭啼痕。嬌羞默默同誰訴？倦倚西風夜已昏。」其中「碾冰為土玉為盆」句法脫胎自上述宋代水仙詩「水沉為骨玉為肌」，可知曹雪芹以虛實交錯的筆法，引水仙之美，為林黛玉賦彩。而在整部《紅樓夢》裡，也只有西方靈河岸絳珠仙草轉世的林姑娘堪與之相配。

此外，宋代周密的〈花犯（水仙花）〉云：

「楚江湄，湘娥再現，無言灑清淚，淡然春意。空獨倚東風，芳思誰寄？凌波路冷秋無際，香雲隨步起，漫記得，漢宮仙掌，亭亭明月底。

冰弦寫怨更多情，騷人恨，枉賦芳蘭幽芷。春思遠，誰歎賞國香風味？相將共、歲寒伴侶，小窗淨，沉煙熏翠袚。幽夢覺、涓涓清露，一枝燈影裡。」整首詞不僅是詠水仙，更像是在歌詠孤燈下淚眼迷濛的瀟湘妃子。

水仙的馥鬱芬芳、輕淡優雅，幽幽的沁人心脾，亦使得宋代范成大詩云：「但驚醉夢醒，大辨香來處。」原來這水仙的花香是足以驚醒醉夢之人的！在古代文人的心目中，水仙的品第之高，也足與梅花相媲美。宋朝詩人姜特立云：「清香自信高群品，故與江梅相並時。」水仙的潔白清淨，很符合曹雪芹塑造清淨女兒的意象，而且它是用水來養著的，這就更符合作者聲稱「女兒是水做的骨肉」這樣清潔無瑕的仙境靈氣。

有趣的是，與黛玉、探春屋裡的植物系芬芳相比，如果到了王熙鳳的房裡，我們立刻就會聞到麝香這樣的動物香。有一回賈芸為了得到在大觀園裡種花種樹的工作，於是興起巴結王熙鳳的念頭，它馬上想到該送的禮品就是冰片和麝香，而且他還知道王熙鳳經常花大把銀子去買這些香料。所謂的麝香，又稱為寸香或當門子，它源自雄性麝科動物的成熟雄性體，也就是位於肚臍和生殖器之間的腺體，這裡的分泌物在早期是製造香水的重要原料之一。在中國，麝香也被用來作為藥材。這類麝科動物產於印度、巴基斯坦、中國、蒙古、西伯利亞等地，早期這些地方會進行人工取香，也就是在冬春二季捕獵雄麝，割其香囊，將之陰乾，再從香囊中取出分泌物，作成香囊仁。中醫認為麝香藥性辛、溫，入心、脾經，可以用來治療淤血諸痛，或催產下胎。因此儘管這類香料非常名貴和值錢，王熙鳳身上終年散發這樣麝香味也很迷人，然而她後來過於辛勞，在年後竟然小產！這好像也是預料中的事了。

若論空間的香氛氣息，在整部《紅樓夢》裡，寫得最精妙之處，應該要屬薛寶釵住的「蘅蕪苑」。小說第十七回「大觀園試才題對額　榮國府歸省慶元宵」中作者寫道，因其院內許多異草，「味香氣敷，非花香之可比」，寶玉因此題上匾額云「蘅芷清芬」，對聯是：「吟成豆蔻才猶豔，睡足荼蘼夢亦香。」元春遊幸大觀園之後，特賜名為「蘅蕪苑」。命寶玉也做了一首

「蘅芷清芬」的五言律詩：「蘅蕪滿靜，蘿薜助芬芳。（已卯、庚辰、戚序、蒙府諸本夾批：『助』字妙！通部書所以皆善煉字。）軟襯三春早，柔拖一縷香。（已卯、庚辰、戚序、蒙府本夾批：刻畫入妙。）輕煙迷曲徑，冷翠滴回廊。（已卯庚辰、戚序、蒙府本夾批：甜脆滿頰。）誰謂池塘曲，謝家幽夢長。」這首詩的「柔拖一縷香」已將院中爬藤裊娜清香的視覺、觸覺與嗅覺藝術都鋪寫出來了。

事實上，「蘅蕪苑」的環境實在非常優雅怡人，小說中描述道：「池邊兩行垂柳，雜著桃杏，遮天蔽日，真無一些塵土。忽見柳陰中又露出一個折帶朱欄板橋來，度過橋去，諸路可通，便見一所清涼瓦舍，一色水磨磚牆，清瓦花堵。那大主山所分之脈，皆穿牆而過。」當年賈政初入園中，因不懂得欣賞它特殊的馨香設計，便埋怨道：「此處這所房子，無味的很。」及至步入門內，忽迎面突出插天的大玲瓏山石來，而且四面群繞各式石塊，竟把裡面所有房屋悉皆遮住，而且一株花木也無，只見許多異草：或有牽藤的，或有引蔓的，或垂山巔，或穿石隙，甚至垂簷繞柱，縈砌盤階，或如翠帶飄搖，或如金繩盤屈，或實若丹砂，或花如金桂，味香氣馥，非花香之可比。賈政又不禁驚訝地笑道：「有趣！只是不大認識。」因此清客們有的說：「是薜荔藤蘿。」其實並不只是薜荔藤蘿，還是賈寶玉雜學旁搜的，較有見識。他說道：「果然不是。這些之中也有藤蘿薜荔，那香的是杜若蘅蕪，那一種大約是茝蘭，這一種大約是清葛，那一種是金簦草，這一種是玉蕗藤，紅的自然是紫芸，綠的定是青芷。想來《離騷》、《文選》等書上所有的那些異草，也有叫作什麼藿蒳薑蕁的，也有叫什麼綸組紫絳的，還有石帆、水松、扶留等樣，又有叫作什麼綠荑的，還有什麼丹椒、蘼蕪、風連。如今年深歲改，人不能識，故皆象形奪名，漸漸的喚差了，也是有的……」此處空間既然到處披掛著文學典籍中所記載的各種珍貴香草，因而隨時味香氣馥，四面翠帶飄搖，最終引得賈政歎道：「此軒中煮茶操琴，亦不必再焚香矣。」

香草的學問竟如此淵深！我們從今往後還能小覷嗎？

第十回

卷單行・隨緣化

寶釵點戲

朋友們：上回我們提到賈母帶著劉姥姥和眾人來到了秋爽齋。這裡不僅字畫與家飾的品味極高！就連屋外的植栽也很講究！除了芭蕉之外，還有詩人常常吟詠的梧桐。而就在賈母隔著紗窗瞧瞧戶外景象的時候，她向探春說道：「妳後廊簷下的梧桐長得越來越好了，只是還過於細了一些。」而且老太太的耳朵挺好的，她聽到一陣風帶來了隱隱約約的鼓樂之聲，賈母於是問道：「誰家娶親啊？這裡臨街很近嗎？」王夫人便笑著回說：「老太太想到哪裡去了呢？咱們這兒離街上很遠的，我們這個大觀園是庭院深深的地方，外面街上的聲音如何傳得進來？這鼓樂之聲其實是咱們的家班，那十二個小戲子在演習吹打呢！」

構園無格，借景有因。切要四時，何關八宅。林延佇，相緣竹樹蕭森；城市喧卑，必擇居鄰閒逸。高原極望，遠岫環屏，堂開淑氣侵入，門引春流到澤。嫣紅豔紫，欣逢花裏神仙；樂聖稱賢，足並山中宰相。閒居曾賦，芳草應憐；掃徑護蘭芽，分香幽室；卷簾邀燕子，問剪輕風。片片飛花，絲絲眠柳；寒生料峭，高架秋千；興適清偏，怡情丘壑。頓開塵外想，擬人畫中行。林陰初出鶯歌，山曲忽聞樵唱，風生林樾，境入羲皇。幽人即韻於松寮；逸士彈琴於篁里。紅衣新浴；碧玉輕敲。看竹溪灣，觀魚濠上。山容靄靄，形雲故落憑欄；水面鱗鱗，爽氣覺來枕。南軒寄傲，北牖虛陰；半窗碧隱蕉桐，環堵翠延蘿薜。俯流玩月，坐石品泉。苧衣不耐涼新，池荷香綰；梧葉忽驚秋落，蟲草鳴幽。湖平無際之浮光，山媚可餐之秀色。寓目一行白鷺；醉顏幾陣丹楓。了遠高台，搔首青天那可問；憑虛敞閣，舉杯明月自相邀。冉冉天香，悠悠桂子。但覺籬殘菊晚，應探嶺暖梅先。少系杖頭，招攜鄰曲；恍來臨月美人，卻臥雪廬高士。雪冥黯黯，木葉蕭蕭；風鴉幾樹夕陽，寒雁數聲殘月。書窗夢醒，孤影遙吟；錦幛偎紅，六花呈瑞。棹興若過剡曲；掃烹果勝黨家。冷韻堪廣，清名可並；花殊不謝，景摘偏新。因借無由，觸情俱是。

夫借景，林園之最要者也。如遠借，鄰界，仰借，俯借，應時而借。然物情所逗，目寄心期，似意在筆先，庶幾描寫之盡哉。

——明・計成《園冶》

賈母恍然大悟，就笑著說：「哦！原來是她們，都忘了。既然她們要演習，何不叫她們來我這兒演給我看呢？一來她們也好逛逛這園子，二來咱們也樂得聽戲，這樣豈不是兩全其美嗎？」鳳姐兒聽說，忙忙的命人出去叫，於是大夥兒就等著要聽戲了！接著賈母又說了：「等會兒聽戲的時候，咱們鋪個紅地氈，就在藕香榭的水亭子上聽，藉著水音傳過來，那就更好聽了！」過去許多大戶人家的戲臺多設在水亭子上，也就是隔水聽音來觀戲，透過池水來傳導音樂，其效果特別清潤動聽。

同時正因為「藕香榭」四面環水，因此讓小戲子們在這裡演唱，音樂的傳導效果會比其他地方更好。《紅樓夢》第三十八回，作者曾寫道：「原來這藕香榭蓋在池中，四面有窗，左右有曲廊可通，亦是跨水接岸，後面又有曲折竹橋暗接。」於是我們知道，藕香榭有竹橋可通往蘆雪庵，另一邊有曲廊可通蓼風軒，而且與綴錦閣隔水相望。賈府四小姐惜春便是居住在蓼風軒，離藕香榭很近，因此我們看到惜春在詩社裡的別號就是「藕榭」。此外，藕香榭這一座水建築，也與史湘雲有很特殊的關係。當日史湘雲舉辦螃蟹宴的地點就是在藕香榭，而賈母赴宴時，曾回憶道：小時候娘家也有一個臨水的亭子，叫做「枕霞閣」，因此賈母舉出富有詩意的生活經驗，讓女戲子們在藕香榭的水亭子上演習樂曲，並藉著水音來讓眾人細細地欣賞，試想那簫管悠揚笙笛婉轉，樂聲穿林渡水而來，這一番演唱，必定是格外地好聽！

而當時大家喜愛聽的劇種，主要是崑曲。在曹雪芹生活的年代，崑曲紅透了半邊天！從皇宮乃至一般市井，幾乎沒有人不聽崑曲的。民間歌謠有「芝麻官，養戲班」的說法。因此賈府中也有所謂的家班。每到逢年過節，家庭慶壽聚宴，又或是各種喜喪大小情事，很多人都會讓戲班進府演出。《紅樓夢》裡描述賈府為了迎接元妃省親，因此到蘇州採買了十二個小戲子來自成家戲，因此我們發現，賈家的兒孫也都是聽著崑曲、伴隨著崑曲成長的。正因為如此，我們在許多小說場景，可以看到大量的曲目演出，有時還有大段的戲詞被演繹出來，曹雪芹這樣的創作意圖，一方面反映當時的生活實情，同時也增添了小說人物的形象和色彩。我們看《紅樓夢》第十九回：「情切切良宵花解語　意綿綿靜日玉生香」，故事裡寧國府在新年期間擺席唱戲，賈珍在東府裡架了戲台，唱的是：《丁郎尋父》、《黃伯英大擺陰魂陣》、《孫行者大鬧天宮》和《姜太公斬將封神》等。整座府邸喧鬧歡鬧到不像話的地步！倏爾神鬼亂出，忽又妖魔畢露，甚至於揚幡過會，號佛行香……，那鑼鼓喧叫之聲，遠聞於巷外，滿街上的行人個個都讚道：「好熱鬧戲！別人家斷不能有的。」

所幸寶玉對於戲曲的品味好靜，他認為東府所唱的戲曲實在繁華熱鬧到了不堪的田地！而事實上，寧國府所上演的戲碼，當然也意味著這座府邸主人公的俗氣。尤其是那些大鑼大鼓，敲敲打打的戲，演員勾著大花臉，所有的表現均以盛大的場面取勝，而戲臺下的眾紈綺子弟根本不看情節，生活也不重情感，只是一味地沉溺在聲色喧囂的泥沼中，醉生夢死，猶不自知。所以重視感情生活的賈寶玉，在內心深處極為排斥這樣熱鬧吹打的流行戲。然而到了第二十二回：「聽曲文寶玉悟禪機　制燈迷賈政悲讖語」，當時賈母為寶釵做生日，寶釵為了投合老太太的口味，因此點了一折《西遊記》。鳳姐也孝順賈母，知道老人家喜歡熱鬧，更愛看謔笑科諢！因此也點了一齣滑稽戲，叫做《劉二當衣》。

等到酒席正式開始時，寶釵又點了一齣《魯智深醉鬧五台山》。這些固然是為了迎合賈母喜熱鬧的習性。同時又顯示出這一類戲曲也有其深意。我們看寶釵當日曾解釋道：「這是一套北《點絳唇》，鏗鏘頓挫，韻律不用說是好的了，只那詞藻中有一支《寄生草》，填的極妙！」她希望寶玉從此也多留心這一類的戲文，於是耐心地為他解說道：「漫揾英雄淚，相離處士家。謝慈悲剃度在蓮台下。沒緣法轉眼分離乍。赤條條來去無牽掛。那裡討煙蓑雨笠卷單行？一任俺，芒鞋破缽隨緣化！」《庚辰本》以及《戚序本》、《蒙府本》都有夾批寫道：「此闋出自《山門》傳奇。近之唱者將『一任俺』改為『早辭卻』，無理不通之甚！必從『一任俺』三字，則『隨緣』二字方不脫落。」可見此類戲文雖不涉及溫柔纏綿的情節，文章與音律卻也有細考深究的必要。

當時寶玉聽了，喜得拍膝畫圈，稱賞不已！又讚賞寶釵無書不知，此舉使得黛玉在一旁拈酸說道：「安靜看戲罷，還沒唱《山門》，你倒《裝瘋》了。」《庚辰本》、《戚序本》、《蒙府本》夾批都稱：「趣極！今古利口莫過於優伶。此一詼諧，優伶亦不得如此急速得趣，可謂才人百技也。一段醋意可知。」林黛玉藉戲目打趣寶玉的幽默感，讓一旁的史湘雲也笑了。可知當日，世家大族的子女們多麼熱衷於看戲，又是多麼熟稔於戲文！以至於信手拈來，說話行文都是戲！那些懂得享受熱鬧戲文的老太太和千金小姐們所不能容忍的是破陳腐舊套的戲路，並且對於崑曲，個人也都有其獨到高超的鑑賞能力。

是故賈府中人聽戲，不僅藉水聲、空間來品味音韻，同時也很講究詞藻所蘊含的生命哲理，像賈寶玉這樣悟性極高，又有靈性的孩子，一旦在戲文上有所感通，他對藝術與人生必定有更深的體會。

第十一回

留得殘荷聽雨聲

黛玉乘船

賈府中人對戲曲品味最高明的，無疑是層峰的老太太。《紅樓夢》第五十四回「史太君破陳腐舊套　王熙鳳效戲彩斑衣」，賈母指明要點幾齣「清淡」的戲來聽聽，因此叫芳官唱一齣《尋夢》，伴奏的部分，「只提琴至管簫合，笙笛一概不用」，然後再唱一齣《惠明下書》，「也不用抹臉」。賈母此刻所點的這兩齣戲，前者演員自行吹簫來伴奏，後者更不需要彩唱。可謂「清淡」至極！然而讀者若以為這樣唱戲比較簡單輕鬆，又是大謬！我們看賈母接著指示小戲子們：「只用這兩齣，若省一點力，我可不依！」

【夜遊宮】（貼上）膩臉朝雲罷盥，倒犀簪斜插雙鬟。待香閨起早，睡意闌珊：衣桁前，妝閣畔，畫屏間。伏侍千金小姐，丫鬟一位春香。請過貓兒師父，不許老鼠放光。僥倖《毛詩》感動，小姐吉日時良。拖帶春香遣悶，後花園裏遊芳。誰知小姐瞌睡，恰遇著夫人問當，絮了小姐一會，要與春香一場。春香無言知罪，以後勸止娘行，夫人還是不放，少不得發咒禁當。（內介）春香姐，發箇甚咒來？（貼）敢再跟娘胡撞，教春香即世裏不見兒郎。雖然一時抵對，烏鴉管的鳳凰？一夜小姐焦躁，起來促水朝妝。由他自言自語，日高花影紗窗。（內介）快請小姐早膳。（貼）「報道官廚飯熟，且去傳遞茶湯。」（下）

【月兒高】（旦上）幾曲屏山展，殘眉黛深淺。為甚衾兒裏不住的柔腸轉？這憔悴非關愛月眠遲倦，可為惜花，朝起庭院？「忽忽花間起夢情，女兒心性未分明。無眠一夜燈明滅，分煞梅香喚不醒。」昨日偶爾春遊，何人見夢。綢繆顧盼，如遇平生。獨坐思量，情殊悵怳。真箇可憐人也。（悶介）（貼捧茶食上）「香飯盛來鸚鵡粒，清茶擎出鷓鴣斑。」小姐早膳哩。

（旦）咱有甚心情也！

【前腔】梳洗了纔勻面，照臺兒未收展。睡起無滋味，茶飯怎生咽？（貼）夫人分付，早飯要早。（旦）你猛說夫人，則待把飢人勸。你說為人在世，怎生叫做喫飯？（貼）一日三餐。（旦）咳，甚甌兒氣力與擎拳！生生的了前件。你自拏去喫便了。（貼）「受用餘杯冷炙，勝如賸粉殘膏。」（下）（旦）春香已去。天呵，昨日所夢，池亭儼然。只圖舊夢重來，其奈新愁一段。尋思展轉，竟夜無眠。咱待乘此空閒，背卻春香，悄向花園尋看。（悲介）哎也，似咱這般，正是：「夢無綵鳳雙飛翼，心有靈犀一點通。」（行介）一逕行來，喜的園門洞開，守花的都不在。則這殘紅滿地呵！

【懶畫眉】（旦）最撩人春色是今年。少甚麼低就高來粉畫垣，元來春心無處不飛懸。（絆介）哎，睡荼蘼抓住裙衩線，恰便是花似人心好處牽。

這一灣流水呵！

【前腔】為甚呵，玉真重遡武陵源？也則為水點花飛在眼前。是天公不費買花錢，則咱人心上有啼紅怨。咳，辜負了春三二月天。（貼上）喫飯去，不見了小姐，則得一逕尋來。呀，小姐，你在這裏！

【不是路】何意嬋娟，小立在垂垂花樹邊。纔朝饍，箇人無伴怎遊園？（旦）畫廊前，深深驀見銜泥燕，隨步名園是偶然。（貼）娘回轉，幽閨窣地教人見，「那些兒閒串？那些兒閒串？」

【前腔】（旦作惱介）唗，偶爾來前，道的咱偷閒學少年。（貼）咳，不偷閒，偷淡。（旦）欺奴善，把護春臺都猜做謊桃源。（貼）敢胡言，這是夫人命，道春多刺繡宜添線，潤逼鑪香好膩箋。（旦）還說甚來？（貼）這荒園塹，怕花妖木客尋常見。去小庭深院，去小庭深院！（旦）知道了。

你好生答應夫人去，俺隨後便來。（貼）「閒花傍砌如依主，嬌鳥嫌籠會罵人。」（下）（旦）丫頭去了，正好尋夢。

【忒忒令】那一答可是湖山石邊，這一答似牡丹亭畔。嵌雕闌芍藥芽兒淺，一絲絲垂楊線，一丟丟榆莢錢，線兒春甚金錢弔轉！呀，昨日那書生將柳枝要我題詠，強我歡會之時，好不話長！

——明・湯顯祖《牡丹亭・尋夢》

這樣減去了喧囂的文武場，演唱者的聲音就沒法兒遮掩和加以修飾了，因此她的喉嚨聲調以及咬字發音，都可以清晰地被檢視。至於《下書》一齣，演員著時裝唱戲，因為不用裝扮粉飾，則人物的表情樣態也當一覽無疑。總之，賈母的要求實在是非常嚴苛，一點也沒有讓演員更輕鬆的意思。

當時薛姨媽就說：沒聽過只用簫管伴奏的崑曲，那賈母就回答：「也有，只是像《西樓・楚江晴》一支，多有小生吹蕭和的。這大套的實在少，這也在主人講究不講究罷了，這算什麼出奇？」原來《西樓記》在賈母的眼中，最好是在于鵑與穆素徽男女主角同唱〈楚江情〉時，小生自己吹簫。而且這也不算什麼奇特的表演。因此她又指著史湘雲說道：「我像她這麼大的時節，她爺爺有一班小戲，偏有一個彈琴的湊了來，即如《西廂記》的〈聽琴〉、《玉簪記》的〈琴挑〉、《續琵琶》的〈胡茄十八拍〉，竟成了真的了，比這個更如何？」因此不僅小生在舞臺上吹簫，也在舞臺上彈古琴來和崑曲，更因為故事裡的人物本身就是彈琴的。如此巧妙雅致之極，實屬難能可貴！

我們由此可知賈母對戲曲藝術的審美情趣，絕非薛姨媽、王夫人等一般貴婦可以望其項背。這就是《紅樓夢》第四十回由賈母來指導家班於藕香榭排演崑曲，並帶著眾人到綴錦閣那邊吃酒、聽戲的原因和背景。在《紅樓夢》裡，大觀園東邊有一座傍山臨水的庭園，園內的主建築稱為「紫菱洲」，其正廳就是「綴錦樓」。這裡實際上是迎春的住所，而且與藕香榭隔水相望。當日眾人組海棠詩社時，迎春便自號「菱洲」，與惜春的「藕榭」相對。賈母此時為了聽戲和宴請劉姥姥、薛姨媽，便命人在綴錦閣擺酒，又讓戲班在藕香榭奏樂演唱，讓樂聲穿花度水而來，想必人人都會因此而感到心曠神怡！

同時，在綴錦閣底下吃酒，也因為那裡地方寬闊，眾人坐著聽戲也不會感到侷促。因此賈母就向薛姨媽說：「咱們走吧，他們姐妹都不喜歡人在她們的屋子裡頭坐久了，怕坐髒了她們的屋子，咱們別沒眼色了。」這句玩笑話，引得探春趕緊來解釋：「老太太這是哪裡的話？我們求著老太太、姨太太常來坐坐還不能夠呢！」大戶人家貴族千金小姐就是有涵養、會說話，賈母聽了，笑著說：「我這個三丫頭卻好，就是那兩個玉兒可惡！」賈母說說探春之後，又來開賈寶玉和林黛玉的玩笑：「回來吃醉了，咱們偏偏的到他們的屋裡頭去鬧去！」老太太實在擅長講笑話，她一講，大夥兒都笑了！說著便一同出來，走不多遠，來到了荇葉渚，那姑蘇選來的幾個駕娘，早已把兩艘棠木舫撐過來了，眾人們就攙著賈母、王夫人、薛姨媽、劉姥姥、鴛鴦、玉釧上了第一艘船，後面李紈也跟著上去了，王熙鳳也跟著上去，可是鳳姐兒就是比較活潑、好動又調皮，她站在船頭說：「你們下去吧！我來撐船。」賈母坐穩了在艙內，然後說道：「不行不行，這可不是玩的。雖然說是在咱們自家的河裡，也有好深的！妳快給我進來。」鳳姐笑著說：「怕什麼？老祖宗只管放心！」說著，就用那長篙略略一點，便把船撐開了，及至撐到了池塘中央，這艘船上擠了很多人，有：賈母、王夫人、薛姨媽、劉姥姥、兩個丫鬟鴛鴦和玉釧，然後再加上了李紈和王熙鳳，所以船小人多。而鳳姐又不是專門的駕娘，她是不習慣駕船的，所以把那篙子亂晃，於是這艘船就晃得很厲害！這萬一翻了船，大家都會遭殃的。所以她趕緊把篙子遞給了駕娘，自己乖乖地蹲下來，其實她也是因為頭暈而感到了害怕。

然後迎春、探春、惜春、黛玉、寶釵和賈寶玉等幾個，便坐上了另外一艘棠木舟，這第二艘船也就緊跟第一艘船過來了，其餘的老嬤嬤、丫鬟們都沿著河岸行走。寶玉看到池中的荷葉、荷花這麼殘敗不堪，便希望有人來收拾。那寶釵因而笑著說：「你們數一數，從今年年初到現在，這麼幾個月以來，我們何曾饒了這個園子，讓它閒了？」整一座大觀園又是螃蟹宴，又是海棠社的，正因為春夏秋冬四季都有好風光，於是園中人賞梅賞雪、吟風詠月，竟沒有一天饒了這座園子，所以寶釵說道：「咱們天天的逛，哪裡有工夫叫人來收拾呢？」林黛玉是不管人間事的，她只看到殘荷，便聯想到李商隱：「我最不喜歡李義山的詩了！」一開口說話就很撒嬌的語氣，但是只喜歡他的一句詩，哪一句呢？「留得殘荷聽雨聲」，「偏偏你們又不留著殘荷讓我聽雨聲了！」賈寶玉連忙說道：「喔！果然好句子，既然妹妹這麼說，以後咱們別叫人拔去了，讓林妹妹留著殘荷聽雨聲吧！」

說著大夥就到了蘿港之下了，接著紛紛下了船，頓時覺得一股陰森透骨的涼風吹來，兩岸衰草殘菱更助長了秋情，這深秋的季節也是詩人的季節。一陣寒風吹來，人人詩性大發。賈母看到這泊船的地方附近有一棟很大的房子，可說是一幢大廈了，此間廣廈清朗，她便問道：「是不是薛姑娘的屋子？」原來這棟廣廈便是薛寶釵住的「蘅蕪苑」。究竟寶釵的住所又有哪些勝出「秋爽齋」和「瀟湘館」的特點呢？我們下回分解。

第十二回

洞天式美學住宅

薛寶釵與蘅蕪苑

薛寶釵的蘅蕪苑如雪洞一般，卻是我們常說的「別有洞天」。而「洞天」實則為一種哲學思想的形象化表述，又指高人所居住之處。曹雪芹以「蘅芷清芬」的概念將蘅蕪苑寫成洞天式清香美感的居所，其中亦飽含了《楚辭》——「善鳥香草，以配忠貞；靈脩美人，以媲於君」之傳統文人情志的投射，使蘅蕪苑初看時以為寡然無味，再看卻逐漸發現有中國傳統文學中「感遇」與「豔情」等多層次文化語境。

始梅花，終楝花，凡二十四番花信風。

小寒：一候梅花、二候山茶、三候水仙；

大寒：一候瑞香、二候蘭花、三候山礬；

立春：一候迎春、二候櫻桃、三候望春；

雨水：一候菜花、二候杏花、三候李花；

驚蟄：一候桃花、二候棣棠、三候薔薇；

春分：一候海棠、二候梨花、三候木蘭；

清明：一候桐花、二候麥花、三候柳花；

穀雨：一候牡丹、二候荼蘼、三候楝花。

——南朝・宗懍《荊楚歲時記》

一月二番花信風，陰陽寒暖，冬隨其時，但先期一日，有風雨微寒者即是。其花則：鵝兒、木蘭、李花、楊花、榿花、桐花、金櫻、鵝黃、楝花、荷花、檳榔、蔓羅、菱花、木槿、桂花、蘆花、蘭花、蓼花、桃花、枇杷、梅花、水仙、山茶、瑞香，其名俱存。

——梁元帝《纂要》

話說賈母帶著劉姥姥和眾人在船上遠遠看見了「蘅蕪苑」，賈母命人攏岸，然後順著雲步石梯走上去，一逕來到了「蘅蕪苑」的門口。這個院落的特色就在於，還沒有進門會先聞到一股異香撲鼻！朋友們記不記得我們曾經說過：林黛玉喜歡水仙花清甜的香味，王熙鳳偏愛濃郁誘人的麝香，而三小姐探春則是喜歡果香，尤其喜歡佛手柑和橙橘一類的香氣。那麼我們現在來聞聞看薛寶釵住的地方到底有什麼香味呢？為什麼眾人在未入園之前會先聞到一段異香撲鼻呢？

原來薛寶釵住的地方叫做「蘅蕪苑」，「蘅蕪」兩個字都是香草名，尤其「蕪」乃指「蘼蕪」，晚明清初重要的思想家王夫之在他的「湘西草堂」上掛著一幅楹聯：「芷香沅水三閭國，蕪綠湘西一草堂。」因此這一類香草植物乃與屈原的文學形象綰合。而賈寶玉為「蘅蕪苑」所提的對聯是：「吟成豆蔻詩尤豔，睡足荼蘼夢亦香。」這荼蘼是一種晚春才開的花，所以宋代王琪有詩〈春暮遊小園〉，其中有一句：「開到荼蘼花事了。」也許《紅樓夢》此處是在隱喻寶釵的性格沉穩淡定，能堅持到最後，直到「睡足」，仍舊是香遠益清。小說第一百零八回曾有一段賈母對林黛玉、薛寶釵和王熙鳳的評價，很可以看出賈母誇讚寶釵的原因，正是她能穩穩地走到最後的性格。

賈母隊湘雲說：「你寶姐姐生來是個大方的人，頭裡她家這樣好，她也一點兒不驕傲，後來她家壞了事，她也是舒舒坦坦的。如今在我家裡，寶玉待她好，她也是那樣安頓，一時待她不好，也不見她有什麼煩惱。我看這孩子倒是個有福氣的。」大抵寶釵的為人便如賈母所說：大方沉穩。

而當日元妃省親時，為此院落賜名為「蘅蕪苑」，其典故出自晉朝王嘉的《拾遺記・五・前漢・上》：「帝息於延涼室，臥夢李夫人授帝蘅蕪之香。帝驚起，而香氣猶著衣枕，曆月不歇。帝彌思求，終不復見，涕泣洽席，遂改延涼室為遺芳夢室。」以上故事乃指漢武帝思念已故的李夫人。而元妃省親時也曾要求大家作詩。當時寶玉作的〈蘅芷清芬〉詩云：「蘅蕪滿淨苑，蘿薜助芬芳。軟襯三春草，柔拖一縷香。輕煙迷曲徑，冷翠滴回廊。誰謂池塘曲，謝家幽夢長。」末二句典故出自謝靈運的〈登池上樓〉之「池塘生春草，園柳變鳴禽」。傳說謝靈運此二句詩得自夢中，因為詞句清新自然，蘊含著蓬勃的生機，寶玉作此的詩句事實上又與自己的對聯：「睡足茶蘼夢亦香」相互呼應。

「蘅蕪苑」是一幢布滿爬藤類香草，因而空氣中散發出異樣清香的建築。這些奇香異草都是些仙藤，尤其越冷越蒼翠，有些還會結下一些細細的小果子，就像珊瑚豆子一般纍纍的垂下來，非常可愛！也都會散發出冷冷的清香，這樣的冷香特質不也是暗合於薛寶釵的個性和情調嗎？她所吃的藥，名為「冷香丸」。此外，《紅樓夢》第六十三回眾人在寶玉生日宴上抽花籤，林黛玉抽到是芙蓉花，而薛寶釵抽到的正是牡丹，而牡丹花象牙籤的背後有一句詩：「任是無情也動人。」因此我們也可以說，冷香的情調就是「任是無情也動人」，這是薛寶釵給人的印象。

於是我猜想她的屋子給人的感受大約就是夏天不用開冷氣的一股涼意，甚至於像雪洞一般有點凜凜的寒意，這個冷不僅僅是空氣的冷，還帶有一種空洞的冷意，也就是空間布置上給人的一種空洞感。怎麼說呢？此處「一色器玩全無」，沒有瓷器，也沒有玉器，連一點古鼎、古董之類的擺設都沒有，案上只放了一個土定瓶，那是宋代定窯的瓶子，瓶中插了幾枝菊花，因此很樸素，帶有極簡風格的野逸之趣。而且寶釵得書也不多，就兩部書，然後就是茶杯、茶壺，如此而已。床上吊著青紗帳幔，包括被子、床單也都是素色的。賈母不由得嘆了一口氣：「這孩子怎麼會這樣呢？太老實了！妳便是沒有陳設，儘管和我們要嘛！跟妳姨媽說也行啊！只管和妳姨娘要。唉，我也沒進來看過，也沒想到妳們的東西自然都在妳們家裡，沒有帶過來是不是？」於是忙命鴛鴦：「到我的倉庫裡頭取些古董來。」然後又嗔著王熙鳳。「嗔」這個動詞用得特別好！要怪不怪的，其實也沒有真的怪她，就是說給大家聽的。她嗔著王熙鳳：「也不送些古玩玉器來給妳妹妹，這樣小氣！」王夫人和鳳姐兒都笑著回說：「我們曾送過來的，是她自己不要，所以送來以後又都退回去了。」那薛姨媽也趕緊說了：「寶釵在家裡本來就不大弄這些東西。」

我們想一想，一個女孩子就算不喜歡那些花兒、粉兒，也可以對古玩、書籍、字畫有興趣。就算不喜歡收集古玩字畫，也可能就是喜歡某種特殊的小物件。怎麼會什麼都不要呢？難道真的對什麼都沒有興趣嗎？這樣的人她想的是什麼呢？因此我們對於薛寶釵這樣的人格可能產生某種好奇。而一旦我們細細地去體會，在她所謂古板、無味的外表下，或說端雅貞靜的形象背後，其實暗藏著「藏愚」、「守拙」的人生智慧，那也是一種超越凡塵、不苟同於流俗的特殊品格。而且愈看愈吸引人！使人們最終對於薛寶釵反而留下了很深刻的印象。

不過，以賈母的角度來看，她還是搖搖頭：「唉呀！她是這樣喜歡省事的人啊！就算很不喜歡弄那些收藏，這倘若來了一個親戚進來坐坐，看著也不像話；二則年輕的姑娘家這樣素淨，素淨到了極點，就有些犯忌諱。如果連妳們年輕小姐都這麼素，那我們老婆子稍微花俏一點的，不是被人家笑死了嗎？所以說，雖然她喜歡省事，我們也不應該讓她這麼省，是不是？妳們常都聽那些說書的人說大戶人家小姐的繡房裡，美到什麼地步了，精緻得還了得呢！我們家的小姐們不像那說書人說的房間那樣富麗堂皇，但是也不要出了格。所以我現成的有些東西趕快拿來擺著吧。如果寶釵很愛素淨，就喜歡乾乾淨淨的，什麼都不要，那我也可以幫忙設計擺設，讓屋子看起來清爽素雅、自然得體。因為我是最會收拾屋子的，只是如今老了，沒那個閒心罷了，不然我是很喜歡幫她們姐妹們整理整理屋子的。我其實也怕俗氣，也不喜歡匠氣，而且如果是人俗氣的話，再好東西也會讓他給擺壞了，是不是？我看他們姐妹們擺的東西都還不俗，所以我也沒有替他們收拾整理打點了。那麼如今我就來幫寶丫頭打點打點，一定讓她的房間看起來簡淨、大方又素雅。我有兩件體己的東西，連寶玉都沒見過的，如果寶玉看到了，還能留到今天啊？所以我把這幾件東西拿來。第一個是個小石頭做的盆景，還有一個專擺在桌上的桌屏，再就是一個質地細密滑潤、透明如凍的墨煙凍石鼎。我們試想便知，這三件低調的古玩，氣質太好！真適合喜歡素雅的寶釵。」

等鴛鴦把這三件古玩取來，賈母又說：「那床帳也不行，太白了，講難聽一點，就是有點忌諱。喜歡素色的，也沒關係，我有一頂紗帳特別好看，叫作『水墨字畫白綾帳子』……」這一件寶物讓我想起老太太曾經在元宵節曲出一幅「慧繡瓔珞」來。《紅樓夢》第五十三回「寧國府除夕祭宗祠 榮國府元宵開夜宴」裡描述道：「一色皆是紫檀透雕，嵌著大紅紗透繡花卉並草字詩詞的瓔珞。原來繡這瓔珞的也是個姑蘇女子，名喚慧娘。因他亦是書香宦門之家，他原精於書畫，不過偶然繡一兩件針線作耍，並非市賣之物。凡這屏上所繡之花卉，皆仿的是唐、宋、元、明各名家的折枝花卉，故其格式配色皆從雅，本來非一味濃艷匠工可比。每一枝花側皆用古人題此花之舊句，或詩詞歌賦不一，皆用黑絨繡出草字來，且字跡勾踢、轉折、輕重、連斷皆與筆草無異，亦不比市繡字跡板強可恨。她不仗此技獲利，所以天下雖知，得者甚少，凡世宦富貴之家，無此物者甚多，當今便稱為慧繡。竟有世俗射利者，近日仿其針跡，愚人獲利。偏這慧娘命夭，十八歲便死了，如今竟不能再得一件的了。凡所有之家，縱有一兩件，皆珍藏不用。有那一干翰林文魔先生們，因深惜『慧繡』之佳，便說這『繡』字不能盡其妙，這樣筆

跡說一『繡』字，反似乎唐突了，便大家商議了，將『繡』字便隱去，換了一個『紋』字，所以如今都稱為『慧紋』。若有一件真『慧紋』之物，價則無限。賈府之榮，也只有兩三件，上年將那兩件已進了上，目下只剩這一副瓔珞，一共十六扇，賈母愛如珍寶，不入在請客各色陳設之內，只留在自己這邊，高興擺酒時賞玩。」

賈母這幅刺繡紋飾上的每一枝花側皆用古人題此花之舊句，或詩詞歌賦不一，而且皆用黑絨繡出草字來，且字跡勾踢、轉折、輕重、連斷皆與筆草無異。整件作品精雅難得至極！而同樣屬賈母之物的「水墨字畫白綾帳子」，想來也與黑絲絨繡出書法行草有異曲同工之妙。將草書、行書繡在白綾的帳子上，這樣的刺繡，堪稱閨閣美學的極致了！同時配得上寶釵賢雅博學的形象。《紅樓夢》第二十二回，當眾人都以崑曲為尚，寶釵獨選了兩齣弋陽腔的戲，一則為了生日宴會場中博個熱鬧，二則曲文中實有好文章！當她點了一齣《魯智深醉鬧五台山》時，寶玉埋怨道：「妳只好點這些戲。」

寶釵道：「你白聽了這幾年，哪裡知道這齣戲，排場詞藻都好呢！」寶玉道：「我從來怕這些熱鬧。」寶釵笑道：「要說這一齣熱鬧，你更不知戲了。你過來，我告訴你，這一齣戲是一套《北點絳唇》，鏗鏘頓挫，那音律不用說是好了；那詞藻中有支《寄生草》，極妙，你何曾知道。」這齣戲便是弋腔，以金鼓等打擊樂器伴奏，臺上演員獨唱，而後臺則有多人幫腔，口音包含江西土語鄉音，聲腔則有：青陽、樂平、四平等多種，屬高腔系統，而且在明、清兩代地方戲曲中占有重要地位。寶玉見說的這般好，便湊近來央告：「好姐姐，唸給我聽聽！」寶釵便唸給他聽道：「漫搵英雄淚，相離處士家。謝慈悲，剃度在蓮台下。沒緣法，轉眼分離乍。赤條條，來去無牽掛。哪裏討？煙蓑雨笠卷單行。一任俺芒鞋破缽隨緣化！」

寶玉聽了，果然喜得拍膝搖頭，稱賞不已；又讚寶釵無書不知。在戲曲的世界裡，雅和俗的區別是很大的，雅致者必定曲高和寡，知音者少，而薛

寶釵竟能從容優遊於雅、俗之間，在高文學品味與大眾通俗喜好之中，找到最佳結合點！可見她的生命通透圓潤。一般人難望其項背。此外，薛寶釵還懂得繪畫。《紅樓夢》小說第四十二回，為了惜春向詩社告假去描園，薛寶釵說了公道話：「你們聽聽。藕丫頭雖會畫，不過是幾筆寫意。如今畫這園子，非離了肚子裡頭有幾幅丘壑的才能成畫。這園子卻是像畫兒一般，山石樹木，樓閣房屋，遠近疏密，也不多，也不少，恰恰的是這樣。你就照樣兒往紙上一畫，是必不能討好的。這要看紙的地步遠近，該多該少，分主分賓，該添的要添，該減的要減，該藏的要藏，該露的要露。這一起了稿子，再端詳斟酌，方成一幅圖樣。第二件，這些樓台房舍，是必要用界劃的。一點不留神，欄杆也歪了，柱子也塌了，門窗也倒豎過來，階磯也離了縫，甚至於桌子擠到牆里去，花盆放在帘子上來，豈不倒成了一張笑『話』兒了。第三，要插人物，也要有疏密，有高低。衣摺裙帶，手指足步，最是要緊，一筆不細，不是腫了手就是跏了腿，染臉撕髮倒是小事。依我看來竟難的很。如今一年的假也太多，一月的假也太少，竟給他半年的假，再派了寶兄弟幫著他。並不是為寶兄弟知道教著他畫，那就更誤了事，為的是有不知道的，或難安插的，寶兄弟好拿出去問問那會畫的相公，就容易了。」

寶玉聽了，先喜得說道：「這話極是！詹子亮的工細樓臺就極好，程日興的美人是絕技！如今就問他們去。」寶釵道：「我說你是無事忙，說了一聲你就問去。等著商議定了再去。如今且拿什麼畫？」寶玉道：「家裡有雪浪紙，又大又托墨。」寶釵冷笑道：「我說你不中用！那雪浪紙寫字畫寫意畫兒，或是會山水的畫南宗山水，托墨，禁得皴搜。拿了畫這個，又不託色，又難滃，畫也不好，紙也可惜。我教你一個法子。原先蓋這園子，就有一張細致圖樣，雖是匠人描的，那地步方向是不錯的。你和太太要了出來，也比著那紙大小，和鳳丫頭要一塊重絹，叫相公礬了，叫他照著這圖樣刪補著立了稿子，添了人物就是了。就是配這些青綠顏色並泥金泥銀，也得他們配去。你們也得另櫳上風爐子，預備化膠，出膠，洗筆。還得一張粉油大案，鋪上氈子。你們那些碟子也不全，筆也不全，都得從新再置一分兒才好。」

惜春無奈地說道：「我何曾有這些畫器？不過隨手寫字的筆畫畫罷了。就是顏色，只有赭石，廣花，藤黃，胭脂這四樣。再有，不過是兩支著色筆就完了。」寶釵道：「妳該早說的。這些東西我卻還有，只是妳也用不著，給妳也白放著。如今我且替妳收著，等妳用著這個時候我送妳些，也只可留著畫扇子，若畫這大幅的也就可惜了的。今兒替妳開個單子，照著單子和老太太要去。你們也未必知道的全，我說著，寶兄弟寫。」

寶玉早已預備下筆硯了，原怕記不清白，要寫了記著，聽寶釵如此說，喜的提起筆來靜聽。寶釵說道：「頭號排筆四支，二號排筆四支，三號排筆四支，大染四支，中染四支，小染四支，大南蟹爪十支，小蟹爪十支，須眉十支，大著色二十支，小著色二十支，開面十支，柳條二十支，箭頭朱四兩，南赭四兩，石黃四兩，石青四兩，石綠四兩，管黃四兩，廣花八兩，蛤粉四匣，胭脂十片，大赤飛金二百帖，青金二百帖，廣勻膠四兩，淨礬四兩。礬絹的膠礬在外，別管他們，你只把絹交出去叫他們礬去。這些顏色，咱們淘澄飛跌著，又頑了，又使了，包你一輩子都夠使了。再要頂細絹籮四個，粗絹籮四個，擔筆四支，大小乳缽四個，大粗碗二十個，五寸粗碟十個，三寸粗白碟二十個，風爐兩個，沙鍋大小四個，新瓷罐二口，新水桶四隻，一尺長白布口袋四條，浮炭二十斤，柳木炭一斤，三屜木箱一個，實地紗一丈，生薑二兩，醬半斤。」

黛玉忙道：「鐵鍋一口，鍋鏟一個。」寶釵道：「這作什麼？」黛玉笑道：「你要生薑和醬這些作料，我替你要鐵鍋來，好炒顏色吃的。」眾人都

笑起來。寶釵笑道：「你那裡知道。那粗色碟子保不住不上火烤，不拿薑汁子和醬預先抹在底子上烤過了，一經了火是要炸的。」眾人聽說，都道：「原來如此。」

中國道家哲學講「清虛」之美，意即外表平淡無奇，內在卻含藏充實的精神與高層次的境界。薛寶釵的「蘅蕪苑」如雪洞一般，卻是我們常說的「別有洞天」，而「洞天」實則為一種哲學思想的形象化表述，又指高人所居住之處。曹雪芹以「蘅芷清芬」的概念將「蘅蕪苑」寫成洞天式清香美感的居所，其中亦飽含了《楚辭》「善鳥香草，以配忠貞；靈脩美人，以媲於君」之傳統文人情志的投射，使「蘅蕪苑」初看時以為寡然無味，再看卻逐漸發現有中國傳統文學中「感遇」與「豔情」等多層次文化語境涵藏其間，因而愈進入其堂奧愈覺生色，愈發現此乃古今未見之大工程！因此這所院落當然也成了薛寶釵一生美學意境耐人尋味的隱喻和象徵。

第十三回

迷路園的啟示

賈寶玉與怡紅院

鳳姐笑道：「這也不難。你把四五月里的新茄包兒摘下來，把皮和穰子去盡，只要淨肉，切成頭髮細的絲兒。曬乾了，拿一隻肥母雞，靠出老湯來，把這茄子絲上蒸籠蒸的雞湯入了味，再拿出來曬乾。如此九蒸九曬，必定曬脆了，盛在磁罐子裡封嚴了，要吃時拿出一碟子來，用炒的雞瓜子一拌就是了。」

——《戚蓼生序石頭記》

鳳姐兒笑道：「這也不難。你把才下來的茄子把皮籤了，只要淨肉，切成碎釘子，用雞油炸了，再用雞脯子肉並香菌、新筍、蘑菇、五香腐乾、各色乾果子俱切成釘子，用雞湯煨乾，將香油一收，外加糟油一拌，盛在磁罐子裡封嚴，要吃時拿出來用炒的雞瓜一拌就是。」

——《脂硯齋重評石頭記庚辰本》

寶玉被石子打著心窩，唬得即欲回家，只恨迷了道路。正在躊躇，忽聽那邊有人喚他。回首看時，不是別人，只見賈母、王夫人、寶釵、襲人等圍繞哭泣叫著，自己仍舊躺在床上。見案上紅燈，窗前皓月，依然錦繡叢中，繁華世界。定神一想，原來是一場大夢。

——《紅樓夢》第九十八回

是的，你的處境分外奇妙。你思戀著已經不存在的少女，嫉妒著早已死去的少年。然而那份情感，竟比任何切身的體驗，都更痛切得多！在那裡，沒有出口，甚至沒有找到任何出口的可能。你已經徹底迷失在時間的迷宮裡。而最大的問題是，其實你從未想過要從迷宮裡脫身。

——（日）村上春樹《海邊的卡夫卡》

劉姥姥在大觀園裡，因賈母請客的酒皆又香又甜，於是她想著：「這個酒像蜜水兒似，就算多喝點子大概也無妨吧！」其實她這麼想就錯了！往後又埋下了一個伏筆，而作家總是要埋伏筆的，這是小說寫作的最重要技巧之一。劉姥姥放開量喝了酒，等會兒她果然就喝醉了，那第一件事情是要跑廁所的，而從廁所出來之後，因醉得暈頭轉向的，於是便迷路了！姥姥在醉眼模糊中來到了一座大觀園裡頭最著名的「迷宮」式建築，這個地方就是「怡紅院」。當初剛剛興建完工的時候，眾人是進去了以後，就很難出來的，因而此處非常特殊。

話說賈政當時為了驗收大觀園，他帶著寶玉和眾人曾進了怡紅院，只見這間房內收拾得與別處不同，竟分不出間隔來！原來室內四面皆是雕空玲瓏木板，或「流雲百蝠」，或「歲寒三友」，或山水人物，或翎毛花卉，或集錦，或博古，或卍福卍壽，各種花樣，皆是名手雕鏤，五彩銷金嵌寶，一格一格玲瓏透雕，像隔間，又不是真正的隔間。而格子上或有貯書處，或有設鼎處，或安置筆硯處，或供花設瓶、安放盆景處。其木格也設計成各式各樣，或天圓地方，或葵花蕉葉，或連環半璧。真是花團錦簇，剔透玲瓏！倏爾五色紗糊就，竟係小窗；倏爾彩凌輕覆，竟係幽戶。而且滿牆滿壁，皆係依照古董玩器之形摳成的槽子。諸如：古琴、寶劍、懸瓶、桌屏之類，雖懸於壁，卻都是與壁相平的。眾人都讚道：「好精緻想頭！難為怎麼想來！」

賈政等人看得眼花撩亂，嘖嘖稱奇！未進兩層，卻都迷了舊路，左瞧也有門可通，右瞧又有窗暫隔，及到了跟前，又被一架書擋住。回頭再走，又有窗紗明透，門徑可行；及至門前，忽見迎面也進來了一群人，都與自己形相一樣，卻是一架玻璃大鏡相照。及轉過鏡去，越發見門子多了。賈珍於是走出來笑道：「老爺隨我來。從這門出去，便是後院；從後院出去，倒比先近了。」說著，又轉了兩層紗櫥錦閣，果得一門出去，卻見院中滿架薔薇、寶相。待轉過花障，則見青溪前阻。眾人詫異道：「這股水又是從何而來？」賈珍便遙指：「原從那閘起流至那洞口，從東北山坳裡引到那村莊裡，又開一道岔口，引到西南上，共總流到這裡，仍舊合在一處，從那牆下出去。」眾人聽了，都道：「神妙之極！」說著，忽見大山阻路。眾人又道：「迷了路了！」

怡紅院作為一種特殊的迷宮式空間設計，也可視作曹雪芹對於賈寶玉的人生有某種程度的暗喻。事實上，迷宮起源於希臘神話，它一開始就是一種精心製作的建築物，在神話故事裡用來囚禁米諾斯的兒子——半人半牛的彌諾陶洛斯。然而當設計師巧妙地建造出這座迷宮之後，竟然使得他本人幾乎也無法從中走出！而《紅樓夢》裡的賈政也在修建完成之後，一再於其中迷路，其後也將這座院落給了他的兒子賈寶玉，寶玉的人生困在怡紅院的溫香軟玉、鶯聲燕語中，情境有點像是彌諾陶洛斯。而「迷路園」的概念在這裡指涉賈政與賈寶玉各自選擇了人生不同路徑與方向所產生複雜分歧的意見。同時，在古希臘語中，迷宮也是王權的象徵。因為最早的迷宮就是克里特王室宮殿，其意為「雙斧宮殿」。大觀園裡當年為接駕皇妃的駐蹕地，因此也正好是王權集中展現的所在地。

日後住在這裡的主人翁賈寶玉，一個十三歲的少年，面對著未來人生謎樣的前途。其實還不僅僅是他，大觀園裡的每一位十三、五歲少年，甚至於也不一定是年齡的問題，就是每一個人面對著自己的未來，不都覺得就像一個團謎？不知道何時能走出這個漩渦似的人生迷宮？而寶玉住在怡紅院這一事實，也充分以整座迷宮殿堂來體現他的迷惘，和對生涯的徬徨，包括他在眾姐妹之間，其身分、性別的認同感與質疑性等纏擾著他的問題。寶玉對未來前途的許許多多扣問，也包含他閱讀了各種書籍的種種思考，更有許多古老傳統壓在他身上所逐漸勒緊而成的桎梏和枷鎖，在在使得寶玉很難不認為人生其實是一個很大的謎！恐怕終其一生都無從解答。

而這回劉姥姥卻真是喝多了，才誤打誤撞地闖入了謎樣的怡紅院。那麼她的酒意是怎麼來的呢？原來鳳姐命豐兒到她前面屋裡去拿書架子上一套非常珍貴稀有的酒杯，這是一組十個竹根的套杯。豐兒聽了便答應，才要去呢，另外一邊的鴛鴦就笑著說：「妳那個杯子還小，要灌她酒那可吃力了。況且妳剛才說要拿木頭的杯子來勸劉姥姥多喝酒，這會兒卻拿個竹根子的倒不好看，不如我那裡有黃楊木整根摳成的十個大套杯，給取來，灌她個十下子！」這個鴛鴦和鳳姐兒兩個真不是好惹的，兩人湊到了一處，保準能讓劉姥姥製造出許多豐富、豪情的笑話出來。

過了一會兒，這黃楊木的杯子送來了，劉姥姥一看，覺得是又驚又喜，驚的是一連十個挨次大小分下來，那大的就像一個小臉盆，第十個就極小極小了，我們女生的手掌大約可以放兩個吧。所以這組木杯好像俄羅斯娃娃，一個套一個，每個都一模一樣。而上頭雕鏤的紋飾也非常精美，都是一色的山水、樹木、人物，還有草書，草書底下又蓋印，多精美的一幅畫呀！詩書畫印俱全呢！而且這十個杯子都是出自名家手筆，劉姥姥看了很喜愛！她這輩子沒想到木頭的東西可以做到這個地步：「我們在鄉下那木頭就拿來當柴燒的，或者是蓋房子，做個粗糙的桌子椅子傢俱，曾幾何時想過木頭可以做成這麼精美的器皿呢？」他說：「太美太美了，拿那個小的來就是了，怎麼這樣多呢？我哪裡喝得了？」鳳姐笑著說：「我們這個杯子，沒有喝一個的道理，我們家因為沒這麼大量的人，所以沒人敢使用它，姥姥既然今天說要，那我們可是好不容易尋了來的，妳必定得挨次吃上一遍才使得啊！」

劉姥姥嚇了一大跳，忙說：「不敢！不敢！好姑奶奶妳饒了我吧！」賈母和薛姨媽、王夫人也上來阻止，可見這幾位都是佛爺似的菩薩心腸，她們憐老恤貧，都說：「上了年紀，經不起，別開玩笑開過火了！說是說、笑是笑，不可多吃了。只吃這頭一杯就好了吧！」劉姥姥說：「阿彌陀佛，阿彌陀佛，我就吃這個小杯的吧！把那大杯的收著，讓我帶回家去慢慢的吃。」大家覺得她太逗了！眾人又是一陣大笑。那鴛鴦沒辦法啦！因為劉姥姥年紀這麼大了，況且老太太、王夫人、邢夫人都來勸，所以就只好令人斟滿一大杯酒讓劉姥姥雙手捧著喝。我們看那大杯子真像是個大臉盆，姥姥捧著喝酒，賈母和薛姨媽都勸她：「慢些，慢些，別嗆著了。」薛姨媽又命鳳姐：「給姥姥夾些菜吧！不能只喝酒啊！」於是我們這會兒就要看看賈府中人都吃些什麼菜了。

只見鳳姐問道：「姥姥妳要吃什麼？說出名兒來，我夾一些餵妳吧！」

劉姥姥說：「我知道個什麼菜名兒？樣樣都是好的！妳們家的東西能有不好的嗎？」賈母便說：「來來來，妳把那茄鯗夾一些餵她。」鳳姐兒依言夾了一些茄鯗送到劉姥姥的口中，然後笑著說：「妳們莊家人天天吃茄子，也嘗嘗我們這裡做的茄子合不合口味啊？」劉姥姥吃了一口，笑著說：「別哄我了，茄子跑出這個味兒來，我們回鄉下就不再種糧食，只種茄子了！」意思是說：好好吃呦！可是就是沒有茄子的味道耶！眾人又是大笑！而且連賈寶玉等人都搶著說話：「真的是茄子，再不哄你的，真的是！」劉姥姥很詫異：「真的？喲！我白吃了這半天，再吃不出茄子的味道。好姑奶奶，再餵我一口吧！我細細的嚼嚼。」鳳姐兒果然又夾了一些茄子放到姥姥的口中，劉姥姥細嚼了半日，仍笑著說：「雖然有那麼一點點茄子香，可是吃起來就是不像茄子，求求妳告訴我這是一個什麼法子弄的，我回家也弄著吃。」

鳳姐笑著說：「這也不難……」我們要注意了，當王熙鳳說「這也不難」的時候，恐怕就要難如登天囉！怎麼說呢？「妳把才下來的茄子，把皮給削了，只要淨肉，切成了碎丁子，用雞油炸了，再用雞脯子肉並香菌、新筍、蘑菇、五香豆腐干、各色乾果子均切成了丁子，用雞湯煨乾，將香油一收，外加糟油一拌，盛在磁罐子裡頭封嚴了，要吃的時候拿出來用炒的雞瓜一拌就是了。」大家記清楚了嗎？光是這一道菜的作法就讓人眼花撩亂，把這個茄子的皮削了，只要淨肉，切成了碎丁子，再用雞油一炸，跟雞腹或雞腿肉再加上香菌、新筍、蘑菇、五香豆腐干還有各色的乾果子，也都切成了丁子，一起放到雞湯裡面去慢慢地煨，等到雞汁全部浸入食材裡去，也就是把雞湯都收乾了，再以香油加糟油拌一拌，收在磁罐子裡頭封起來，正式食用之前，拿一些新鮮材料，例如：雞丁、雞瓜子肉一起拌炒就是了。

首先我們要跟大家談一談，曹雪芹曾經在早期抄本裡頭寫到茄鯗這道菜，它的作法略有一些不同，早期抄本不是切丁，而是將食材切成像頭髮一樣的細絲兒，這個就需要一個上等的刀工。這樣的菜使我們知道茄鯗本身是一道功夫菜，但它同時也是一種「路菜」，亦即官府菜，古代大官人家在出差或輪調，官員就會從這個省移動到另一省，從某縣市調職或派任另一個縣市，往往一走就要幾個月的時間，而在路途中也經常遇到前不著村，後不著店，甚至餐風露宿的時候。於是這些大小官員們會帶上自己的廚子，而廚子也就會是先預備一罈一罈的菜，這些菜常是用雞汁、香油收乾了以後，封在這個罐子裡，可以想見都是偏油而稍微鹹一點的菜，這樣子才好保存收藏。如果官員到了一個比較荒野的地方，找不到好的飯館，可是又到了吃飯的時間，廚子就可以把這些菜取出來，升了火連同附近的一些野味、生鮮菜蔬，包括：野雞、野兔一類肉食拌炒一下，再煮個飯，那便是一餐了。

因此《紅樓夢》裡的「茄鯗」就是由旅途中食用菜餚發展出來的貴族私房菜。除了《紅樓夢》，《兒女英雄傳》第三十二回也提及路菜：「便把他素日愛的家做活計，內款器皿以及內造精細糕點路菜之類，備辦了些。」而另一部清代小說《市聲》第三十六回也寫道：「晴軒開出路菜，是半隻板鴨，一方南腿，叫菜房切好送來。」現代作家巴金之作《家》：「你帶的路菜還太少」。因為從前農業社會到了年終，農家院裡都晾曬著醃漬肉類，這是方便保存菜色，然而路菜也不單指肉類，像茄鮝便是以茄子為主。而古代大戶人家聘用的廚子都有些各自研發的私房菜，就如同家班戲子也有壓箱寶的私房戲一樣，宴客時，總可以拿出來炫耀的。

既然茄鮝是賈府一道著名的宴客菜，再加上王熙鳳說得令人瞠目結舌，可見賈府為了要吃這一道茄子，竟然得用十幾隻雞來配，又要雞湯煨又要配雞瓜子肉等等，難怪劉姥姥聽了以後，搖頭吐舌說道：「我的佛祖！倒得十來隻雞來配它，怪道這個味兒！」一面笑著一面慢慢吃完了酒，還細細地看那杯子，鳳姐就故意逗她：「姥姥，妳還喝不夠嗎？再來一杯！」劉姥姥忙說：「了不得！了不得！再喝這一個小盆，我就要醉死了！我就是愛這個杯子的樣子，虧他怎麼做出來的喔？」鴛鴦笑著說：「酒吃完了，我倒要考考姥姥，到底這個杯子是什麼木頭做的呢？」劉姥姥笑著說：「怨不得姑娘不認得，妳們在這金門繡戶的，如何認得木頭？我們鄉下人成日家和樹林子做街坊，睏了就枕著它睡，乏了就靠著它坐，荒年餓了我們還吃它咧！眼睛裡天天見它，耳朵裡天天聽它，口裡呢是天天講它，所以好歹真假我是認得的，讓我來認一認。」於是一面說一面仔細地端詳了半日，說道：「嗯，妳們這樣的人家，斷沒有那樣賤東西，這容易得到的木頭妳們也不會收著了，我掂量這個杯子的體重，斷乎不是楊木的，一定是黃松！」說著眾人又是哈哈大笑起來，其實這正是黃楊木，不是姥姥說的黃松。因為這木材精歷年久月深，水份已經完全乾了，所以是上百年的老古董黃楊木，才可能那樣鬆透，拿起來的手感如此輕盈。是故，古董文物的作工好，前提是材質也得非常講究，為有上好材質才值得拿來精工細作。

正當劉姥姥細品這杯子時，只見一個婆子走來向賈母請安，她說了小戲子們都到了藕香榭，請老太太的示下，是直接演出？還是再等一會兒呢？這婆子所說的就是賈府裡頭養的一班小戲子，她們會在主人宴會時吹、彈、拉、唱……尤其是唱崑曲。原先老太太就希望能夠在藕香榭那邊排演，主人家在這頭吃飯、飲酒，遠遠的就能聽見那一邊悠揚的崑曲之聲。可是如今賈母因為劉姥姥太逗趣了，大家又玩得太開心，一時竟忘了先前吩咐的這件事情。她說：「喲！可是都忘了她們啦！就叫她們直接演了吧。」那婆子答應了一聲離去，不一時，我們就聽到了簫管悠揚、聲笛並發，這時候又正值風輕氣爽，那樂聲穿林渡水而來，使得每個人聽了以後都覺得心曠神怡。賈寶玉先禁不住拿起壺來斟了一杯一飲而盡，再倒一杯才要飲呢，就看見他的母親也自己在斟酒，還命人去拿暖酒，孝順的寶玉連忙捧著自己的杯子走過來，將酒送到了王夫人的口中。你看，兒子多貼心啊！我們看到了脂硯齋此處有批語：「妙極！忽寫寶玉如此，便是天地間母子之至情至性！」曹雪芹這樣寫，很純真自然！可是再細細想來，也真是令人鼻酸，誰沒有母親呢？每個母親也都有他的孩子，於是我們能夠體會現實生活當中，人間最美的就是親子之情了，所以寶玉這個動作可能會喚起很多人的共鳴，以及許許多多人最真貴的回憶吧！

第十四回

敢是美人活了不成？

紅樓畫軸的情慾想像

曹雪芹是作家，又是畫家。他將一部綿延悠長的《紅樓夢》，描寫成一幅逼真活現、歷歷在目的連環美人軸，並以各種藝術形式來表現其靈活與神肖，其間有詩詞、有畫像，還有風箏等精美工藝品。而每一件作品皆飽含了曹雪芹生活與創作經驗的具體感受，很值得我們細細體會其間的美學意境。更有趣的是，這一連串的美人圖卷，實際上卻都起源於一位鄉村丑角婦人——劉姥姥。

顧愷之字長，康小字虎，頭晉陵無錫人。義熙中為散騎常侍。愷之博學有才氣，丹青亦造其妙，而俗傳謂之三絕：畫絕、癡絕、才絕。方時為謝安知名，以謂自生民以來未之有也。愷之每畫人成，或數年不目睛。人問其故，答曰：「四體妍蚩，本亡關於妙，處傳神寫照，正在阿堵中。」嘗圖裴楷像，頰上加三毛，觀者覺神明殊勝。又為謝鯤像在石巖裏，云：「此子宜置在丘壑中。」欲圖殷仲堪，仲堪有目病固辭。愷之曰：「明府正為眼耳，若明點瞳子，飛白拂上，使如輕雲之蔽月，豈不美乎？」仲堪乃從之。嘗於瓦官寺北殿畫維摩詰，將畢欲點眸子，乃謂寺僧曰：「不三日，觀者所施可得百萬。」已而果如之。

昔人論人物則曰：白皙如瓠其為張蒼，眉目若畫其為馬援，神姿高徹之如王衍，閒雅甚都之如相如，容儀俊爽之如裴楷，體貌閒麗之如宋玉。至於論美女，則蛾眉皓齒，如東鄰之女；瓌姿艷逸，如洛浦之神。至有善為妖態，作愁眉、啼粧、墮馬髻、折腰步、齲齒笑者，皆是形容見於議論之際而然也。若夫殷仲堪之眸子，裴楷之頰毛，精神有取於阿堵中，高逸可置之丘壑間者，又非議論之所能及，此畫者有以造不言之妙也。故畫人物最為難工，雖得其形似則往往乏韻。故自吳、晉以來，號為名手者，才得三十三人。其卓然可傳者，則吳之曹弗興，晉之衛協，隋之鄭法士，唐之鄭虔、周昉，五代之趙岩、杜霄，本朝之李公麟。彼雖筆端無口，而尚論古之人，至於品流之高下，一見而可以得之者也。然有畫人物得名而特不見於譜者，如張昉之雄簡，程坦之荒閒，尹質、維真、元靄之形似，非不善也，蓋前有曹、衛，而後有李公麟，照映數子，固已奄奄，是知譜之所載，無虛譽焉。

——北宋《宣和畫譜》

小說第四十一回，那劉姥姥因喝了些酒，又吃了許多油膩的食物，竟通瀉起來！及至從廁所出來，一時間只覺得眼花頭眩，辨不出路徑來，再四顧一望，則滿眼皆是樹木山石、樓臺房舍，她只得順著石子路慢慢走來。忽見前方有一帶竹籬，於是順著此路繞過花障，進了月洞門。迎面是一片池水，周圍以石頭砌岸，清水上白石橫架。劉姥姥於是度石過去，再順著石子甬路往前走，不久之後看見了一道房門。她進了門，突然就有一個女孩兒，滿面含笑地迎了出來。這女孩生動得就像是活生生的人，而且恍如正在走動似的「迎了出來」！劉姥姥好高興！自以為得到了救兵，趕忙笑道：「姑娘們把我丟下了，要我碰頭碰到這裡來。」可是這位可愛的女孩兒卻只是笑盈盈地不答話。那劉姥姥便趕上來拉她的手，沒想到，竟「咕咚」一聲！額頭撞到了硬梆梆的板壁，把頭碰得好疼啊！再定睛一瞧，這才發現笑臉相迎的女孩

兒竟然是幅畫兒！

劉姥姥很詫異！她心想：「原來畫兒有這樣活凸出來的！」一面看畫，然後又伸手去摸，卻又是一色平的！二度空間的畫面竟然展現出立體「活凸」的效果，可見這幅畫是如何地微妙唯肖。姥姥因此點頭嘆了兩聲。便又從蔥綠撒花的軟簾之外，想辦法出去找路了。這一幕景象使是我們看到怡紅院裡有一幅活像個真人的美人畫。這究竟是一幅什麼樣的畫呢？我們後續將有所分析。

事實上，早在第十九回，賈寶玉已經帶領讀者先見識到了一幅「活生生」的美人圖。那時正值年節下，而寶玉就是個最無事閑暇之人，偏偏這日一早，襲人的母親親自來回過賈母，接了襲人回家去吃年茶，得到晚間才能回來。因此，寶玉只和眾丫頭們又擲骰子、又趕圍棋地玩遊戲。正在房內玩得沒了興頭，忽見丫頭們來回說：「東府珍大爺來請過去看戲、放花燈。」寶玉因此過府看戲。

誰想這日賈珍這邊唱的是《丁郎認父》、《黃伯央大擺陰魂陣》，更有《孫行者大鬧天宮》、《姜子牙斬將封神》等類的戲文。倏爾神鬼亂出，忽又妖魔畢露，甚至於揚幡過會，號佛行香，鑼鼓喊叫之聲遠聞巷外。滿街之人個個都贊：「好熱鬧戲，別人家斷不能有的！」那賈府裡的爺們賈珍、賈璉、薛蟠等只顧猜枚行令，百般作樂，此時獨有寶玉滿心不悅，他見到這景況「繁華熱鬧到如此不堪的田地」便走開了。

寶玉逕自來到東府的小書房，因為他記得這間房裡曾掛著一軸美人，「極畫得得神」！所以這又出現一幅傳神的美人畫。很特殊的是，寶玉對美人畫的心思。他想：「今日寧府這般熱鬧，想那裡自然無人，那美人也自然是寂寞的。」於是寶玉想去「望慰她一回」。在賈寶玉的心目中，畫得傳神的美人，彷彿因為得到畫龍點睛的神筆，因此竟就是真人了，是故在喧騰熱鬧場中也和他一樣感到難堪的寂寞，因此需要有人前來探望和安慰她的心靈。這份寂寥的心情，容或就是寶玉自己心裡的寫照，只是他將之投射在了美人畫上。然而曹雪芹卻也在此展現了生花的妙筆，他竟然讓這畫中美人在短暫的一瞬間，「活」了起來！作者寫道：「這樣想著，寶玉便往書房裡來。剛到窗前，果然聽見房內有呻吟之韻。這時寶玉反倒唬了一跳！敢是美人活了不成？」

我們都記得古希臘史上有一則著名的象牙美人雕像「活了」的故事：雕塑藝術家皮格馬利翁雖然見識過許許多多的女人，可是總覺得沒有一個女人是完美的。他的眼睛盯著她們身上不完美之處，一邊挑毛病，一邊設想該如何改善，最終他決定親手創造出一個真正完美的女人。於是在他靈巧的雕鑿工藝下，完美的女人真的誕生了。他將這個女人形塑得比世上任何女人都要美麗，可是卻也因此而無可自拔地愛上了他自己親手創造出來的美人。那尊雕像與真人無異，簡直就像是活生生的女子。然而她畢竟只是一尊雕像，因此只是靜止不動。不過皮格馬利翁心中已滋生了愛情，他愛上了自己用象牙雕刻而成的絕世美人。因此在他的眼中，這不再是雕像，他以深深的愛親吻了她，並想像美人也熱情如火地回吻著自己。皮格馬利翁天天擁抱親吻撫摸雕像冰冷的軀體，那熱烈的情慾終於將雕像變成了真人！當美人眼中流下琥珀般閃閃晶光淚水的那一刻，美人真的「活了」。

完美而又形象畢肖的美人畫與美人雕像，讓世間多情男子只想要投身在她的懷裡，因此無獨有偶地，曹雪芹也讓賈寶玉分明聽見了那畫中人充滿情慾的「呻吟之韻」！於是寶玉「乃乍著膽子，舔破窗紙，向內一看，那軸美人卻不曾活，卻是茗煙按著一個女孩子，也幹那警幻所訓之事」。這一段文字直追皮格馬利翁天天擁吻呼喚雕像的情慾書寫，卻又狠心地戳破了藝術家最沉醉的幻想。

一般地也沉醉在美人畫甜蜜懷抱的作者，還有比曹雪芹時代稍早的蒲松齡。他在《聊齋誌異‧畫壁》中鋪陳書生觀看廟中壁畫，只見「殿中塑誌公像，兩壁圖繪精妙，人物如生。」一時間，眼光為東壁的散花天女所吸引，這幅壁畫中，有一垂髫少女，正「拈花微笑，櫻口欲動，眼波將流」。書生看得入迷，於是漸漸地神搖意奪，恍然凝想。因為他的幻想，於是身體竟飄飄然如駕雲霧，不知不覺已進入壁畫的世界裡去。那畫中殿閣重重，非復人世，而且有人暗牽其裾，書生猛一回頭，竟是垂髫少女正在召喚他。朱生隨著畫中女子穿過曲欄，進入一間小舍，女郎仍不住回首，又舉起手中花，遙遙作招呼狀。不久之後朱生與畫女兩相狎好，直到女子有了「腹內小郎」……。這一段描述，顯然又是另樣的觀畫與情慾的抒發。

循此，我們還可以再將時序往前推移至明代隆慶至萬曆年間，看看《封神演義》第一回「紂王女媧宮進香」。原來商紂王初進女媧娘娘的廟宇時，僅見四面殿宇齊整，樓閣豐隆；忽然一陣狂風，捲起了帳幔，一下子便將女媧娘娘容貌瑞麗的聖像，映入了紂王的眼簾。只見她瑞彩翩躚，具國色天姿，宛然如蕊宮仙子臨凡，月殿嫦娥下世。紂王一見，果然神魂飄蕩，陡起淫心，自思：「朕貴為天子，富有四海，縱有六院，三宮，並無有此艷色。」遂命取文房四寶，並以天子之尊深潤紫毫，在行宮粉壁之上，作詩一首：「鳳鸞寶帳景非常，儘是泥金巧樣妝，曲曲遠山飛翠色，翩翩舞袖映霞裳。梨花帶雨爭嬌艷，芍葯籠煙騁媚妝，但得妖嬈能舉動，取回長樂侍君王。」堂堂君王也為畫中女神動了情，不僅以文字描摹她的美豔，而且極盼望她能「活」起來，因此尾聯云：「但得妖嬈能舉動，取回長樂侍君王。」此又是一番意淫情動的觀畫書寫，意味著畫像只要夠傳神，便能引發觀者的情慾想像。

事實上，明代萬曆時期的仕女圖乃以極高明的白描技巧將人物的衣紋與其神態，表現得淋漓盡致。在明、清兩代的仕女畫中，文徵明、唐寅、仇英可謂宗師。尤其是仇英的仕女畫往往以工筆重彩及賦色明艷的風格，用以取悅市井，包含春宮畫在內。及至清初康濤等畫家，仍然精善仕女，當時的畫家們以極為嫻熟的筆觸刻畫風雅女子的形象，包括專注的神情和豐盈飽滿的體態，最難得的是能以靜逸素裹、雍容淡雅的美感，使女性美達到極為搶眼的效果。而描繪仙女的像貌，則貴在神態自若、嫻靜雍和。

以描畫《紅樓夢》人物著稱的清代畫家改琦，祖上在元朝之後由西域遷入中原，並自祖父起，三代寓居於松江府（今上海）。他的人物畫特點在於線條細膩精緻，用色柔和淡雅。因其生年與曹雪芹的卒年相近，因此現存清光緒五年刊本《紅樓夢圖詠》中人物髮型、服裝、器物等，應是最接近小說的描繪。同時他的仕女畫也是清代此一題材的里程碑。他取法唐寅、仇英、陳洪綬和崔子忠，著重天然的神韻與貞靜閒適的雅逸姿態，並儘量脫去脂粉華靡之氣，往往僅需纖纖玉指輕觸香腮，或是點出美人的櫻桃小口，便能將一位多愁善感、儀態萬千的美人形象，活靈活現地展現出來。這個時期的仕女畫強調「畫如人」，與《紅樓夢》裡寫道的「人如畫」，可謂互相輝映，成為時代的審美意識。《紅樓夢》第五十二回：「眾人說笑出了夾道東門，一看，四面粉粧銀砌。忽見寶琴披著鳧靨裘，站在山坡後遙等；身後一個丫鬟抱著一瓶紅梅。眾人都笑道：『怪道少了兩個，他卻在那裡等著，也弄梅花去了！』賈母喜得忙笑道：『你們瞧，這雪坡兒上，配上他這個人物，又是這件衣裳，後頭又是這梅花，像個什麼？』眾人都笑道：『就像老太太屋裡掛的仇十洲畫的〈豔雪圖〉。』」可知，仇英等人的畫作便是當時的藝術風尚。

此外，傳說曹雪芹曾在瓜州（今鎮江）受到當地沈姓人家熱情款待，因此畫了一幅《天官圖》以為贈禮。「圖紙系『中堂』，天官戴紗帽，穿彩紅官服，持版，面前立一五六歲童子，手持一物似為酒爵，作進獻狀。」很重要的是，沈家人強調這幅畫的特色在於天官下垂盤繞過承接左手的長鬚，纖毫畢見，清楚可數，並不像其他的天官供像，繪製髯鬚的筆觸總是潦草雜亂無章。而都些資料應都是我們進一步探索《紅樓夢》裡有關美人畫描寫的參考依據。

一、曹雪芹深厚的功底——再談放風箏

在《紅樓夢》裡，不僅繪畫有栩栩如生的美人，就連風箏也在各式各樣的形制中出現了一只「美人箏」。這回的情節原本著重描述大觀園眾人填寫柳絮詞的景況。正在分辨等第時，一語未了，只聽窗外竹子上一聲響，恰似

簾屜子倒了一般，眾人嚇了一跳。丫鬟們出去瞧時，簾外丫鬟嚷道：「一個大蝴蝶風箏，挂在竹梢上了。」眾丫鬟笑道：「好一個齊整風箏！不知是誰家放斷了繩。拿下它來。」寶玉等聽了，也都出來看時，寶玉笑道：「我認得這風箏。這是大老爺那院裏嫣紅姑娘放的，拿下來給她送過去罷。」紫鵑笑道：「難道天下沒有一樣的風箏，單她有這個不成？我不管，我且拿起來。」探春道：「紫鵑也學小氣了。你們一般的也有，這會子拾人走了的，也不怕忌諱！」正因為當時習俗上，人們放風箏是為了驅走倒霉的晦氣，所以探春勸紫鵑別撿拾別人的風箏，以免招來不祥的災禍。黛玉因此笑道：「可是呢，知道是誰放晦氣的，快丟出去罷！把咱們的拿出來，咱們也放晦氣。」

接下來的一句話卻為程本所刪除：

「紫鵑聽了，趕著命小丫頭們將這風箏送出與園門上值日的婆子去，倘有人來找，好還他們去的。」而小丫頭們說要聽見放風箏，巴不得一聲兒七手八腳，都忙著拿出一個美人風箏來。也有搬高凳去的，也有捆剪子股的，也有撥籰的。寶釵等都立在院門前，命丫頭們在院外敞地下放去。寶琴笑道：「你這個不大好看，不如三姐姐的那一個軟翅子大鳳凰好。」寶釵笑道：「果然。」因回頭向翠墨笑道：「你去把你們的拿來也放放。」翠墨笑嘻嘻的果然也取去了。寶玉又興頭起來，也打發個小丫頭子家去，說：「把昨兒賴大娘送我的那個大魚取來。」小丫頭子去了半天，空手回來，笑道：「晴姑娘昨兒放走了。」寶玉道：「我還沒放一遭兒呢。」探春笑道：「橫豎是給你放晦氣罷了。」寶玉道：「也罷。再把那個大螃蟹拿來罷。」丫頭去了，同了幾個人扛了一個美人並籰子來，說道：「襲姑娘說，昨兒把螃蟹給了三爺了。這一個是林大娘才送來的，放這一個罷。」寶玉細看了一回，只見這美人做的十分精致。心中歡喜，便命叫放起來。

此時探春的也取了來，翠墨帶著幾個小丫頭子們在那邊山坡上已放了起來。寶琴也命人將自己的一個大紅蝙蝠也取來。寶釵也高興，也取了一個來，卻是一連七個大雁的，都放起來。獨有寶玉的美人放不起來。寶玉說丫頭們不會放，自己放了半天，只起房高，便落下來了。急得寶玉頭上出汗，眾人又笑。寶玉恨得擲在地下，指著風箏道：「若不是個美人，我一頓腳，跺個稀爛！」黛玉笑道：「那是頂線不好，拿出去另使人打了頂線，就好了。」寶玉一面使人拿去打頂線，一面又取一個來放。大家都仰面看天上，這幾個風箏都起在半空中去了。

關於大夥兒正在放風箏的場景，以下的一大段落在程乙本中也幾乎刪盡了，所留下「用手帕墊著手」一句，主詞卻改為「眾丫環」。相較於程本，抄本的原文如下：

一時，丫鬟們又拿了許多各式各樣的「送飯的」來，玩了一回。紫鵑笑道：「這一回的勁大，姑娘來放罷。」黛玉聽說，用手帕墊著手，頓了一頓，果然風緊力大，接過籰子來，隨著風箏的勢將籰子一鬆，只聽一陣「豁刺刺」響，登時籰子線盡。黛玉因讓眾人來放。眾人都笑道：「各人都有，你先請罷。」黛玉笑道：「這一放，雖有趣，只是不忍。」李紈道：「放風箏圖的是這一樂，所以又說放晦氣，你更該多放些，把你這病根兒都帶了去就好了。」紫鵑笑道：「我們姑娘越發小氣了。哪一年不放幾個子？今忽然又心疼了。姑娘不放，等我放。」說著，向雪雁手中接過一把西洋小銀剪子來，齊籰子根下寸絲不留，「咯登」一聲鉸斷，笑道：「這一去把病根兒可都帶了去了！」那風箏飄飄颻颻，只管往後退了去，一時只有雞蛋大小，展眼只剩了一點黑星兒，再展眼便不見了。眾人皆仰面睃眼說：「有趣，有趣。」寶玉道：「可惜不知落在那裏去了。若落在有人煙處，被小孩子得了還好，若落在荒郊野外，無人煙處，我替它寂寞。想起來，把我這個放去，教它兩個作伴兒罷。」於是也用剪子剪斷，照先放了去。

探春正要剪自己的鳳凰，見天上也有一個鳳凰，因道：「這也不知是誰家的？」眾人皆笑說：「且別剪你的，看他倒像要來絞的樣兒。」說著，只見那鳳凰漸逼近來，遂與這鳳凰絞在一處。眾人方要往下收線，那一家也要收線，正不開交，又見一個門扇大的玲瓏「喜」字兒帶響鞭，在半天如鐘鳴一般，也逼近來。眾人笑道：「這一個也來絞了。且別收，讓它三個絞在一處，倒有趣呢！」說著，那「喜」字果然與這兩個鳳凰絞在一處。三下齊收亂頓，誰知線都斷了，那三個風箏，飄飄颻颻都去了。眾人拍手，哄然一笑，說：「倒有趣，可不知那「喜」字是誰家的，忒促狹了些！」黛玉說：「我的風箏也放去了，我也乏了，我也要歇息去了。」寶釵說：「且等我們放了去，大家好散。」說著，看她姊妹都放去了，大家方散。黛玉回房，歪著養乏。

以上被刪掉的段落裡，有一些關於放風箏的專門術語，例如「送飯」，又稱為「碰」。這是靠著風力江小物件沿著風箏線往天上送去的特殊裝置。等小物件送達風箏頂端後，隨即與預先拴綁好的橫棍相碰撞，屆時風翼隨即折起，小物件又自動沿著風箏線滑溜下來。這送飯的裝置甚至可以讓小物件自動地溜下來之後，再度張開又飛上天去，這樣不停地來回碰，也可以叫做「來回飯」。那麼，這些飛上去、溜下來的小物件究竟包括哪些東西呢？首先，最常見的是「彩紙」，當彩紙從天上散下來時，人們稱之為「天女散花」。也有許許多多的彩色珠珠上上下下來回碰，風箏達人將之裝在龍頭蜈蚣風箏線上，特稱之為「龍戲珠」。兒如果在風箏上掛了鞭炮，那麼「送飯」的小物件便帶著香火飛上去，相火點著了鞭炮，即時傳來劈劈啪啪的炮聲。在此基礎上，更有後來探春看見的「玲瓏『喜』字兒帶響鞭」的風箏，其鳴響竟然「如鐘鳴一般」！除了製造各種響聲之外，也有人送一串點燃的小燈籠飛上去，尤其是在夜晚，那著燈的風箏在夜空中，真是異常美麗！而著燈放飯的玩法乃盛行於唐代，真可謂留傳久遠了。由此可見，曹雪芹在原稿中所呈現的歷史縱深度與風箏專業功底，乃不容小覷。

至於風箏在天空飄飄搖搖愈來愈小的時候，作者寫道：「眾人皆仰面睃眼說：『有趣，有趣。』。」「睃」是「削減、縮減」的意思。可以想見大觀園眾人瞇小了眼，仰天找尋只剩下雞蛋大小和黑星兒一般的風箏時，所流露出的特殊眼神和表情。我們於此更佩服曹雪芹刻畫神情的造詣和用字遣詞的能力。而此處的描繪亦可與林黛玉用手帕墊著手，頓了一頓，以測試風力的姿態，相對映來看，更可謂刻畫人物情態神情畢肖、栩栩如生！若是再回顧紫鵑起初命小丫頭們將闖落的風箏送出園門等待失主來找，這樣善體人意的好心腸；以及賈寶玉百般不捨地放掉風箏時的想法：「可惜不知落在那裡去了。若落在有人煙處，被小孩子得了還好，若落在荒郊野外，無人煙處，我替它寂寞。」於是他便把手上的這個也放去，「教它兩個作伴兒罷」。這前後兩段文字也都透顯著曹雪芹對人和對物往往懷抱著無比溫厚的人文關懷。

二、倘係夜間，每能嚇人致疾！——曹雪芹逼真的人物畫

在《紅樓夢》裡大談風箏技能之餘，曹雪芹作為頂尖風箏藝術家的形象，也出現在〈瓶湖懋齋記盛〉一文中。這篇屬名愛新覺羅敦敏的殘文，附錄於《南鷂北鳶考工志》，文中提及曹雪芹放風箏的技能可謂神乎其技：「乃觀其御風施放之奇，心手相應，變化萬千。風鳶聽命乎百仞之上，游絲揮運於方寸之間。壁上觀者，心為物役，乍驚乍喜，純然童子之心；忘情憂樂，不復老之將至矣。」曹雪芹不僅施放風箏得心應手，其繪製風箏的工藝也達到令人嘆為觀止的地步。敦敏詠嘆再三：「初則驚其丹青之妙，而未解其構思之難也。既見實物，更訝其技藝之精。疑假為真，方擬按圖索之，乃

顧此失彼。神迷機軸之巧，思昧格致之奧矣。於是廢書而歎曰：『斯術也，非余所能學而知之者也！』。」而曹雪芹面對敦敏的驚豔與讚嘆，只以「玩物喪志」四字作結，不由得令人思索起，在他精神世界裡，喪志與玩物的依存關係。

然而無論如何，曹雪芹風箏精緻美奐的程度，至今仍令人難以想像，敦敏文中描述道：「叔度復將芹圃為其所扎風箏取出，羅列一室，四隅皆滿，至無隙地。五光十色，蔚為大觀。」在多樣紛呈的風箏形制中，曹雪芹的人物風箏堪稱最美！于叔度因而說道：「芹圃所扎人物風箏，繪法奇絕，其中宓妃與雙童兩者，則為絕品之最；特什襲藏之，未敢輕出示人。」

「宓妃與雙童」可謂曹氏人物風箏中的頂級之作。至於這對風箏究竟有何過人之處？在敦敏召集的宴會開始之前，有過公應邀出席。當他來至門前，便指著宓妃驚詫地問道：「前立者誰耶？」這位客人竟然以為那宓妃風箏乃是真人！可見曹氏風箏傳神畢肖得驚人！那敦敏只好回答曰：「吾公視其為真人也乎？實亦風箏。」過公於是就前，審視良久，才以勸誡的口吻說道：「嘗聞芻靈偶俑之屬，與人逼似者，不可邇於寢室，防不詳也。倘係夜間，每能嚇人致疾！」曹雪芹的美人畫逼真到這個地步，夜裡猛然一見，可是會讓人嚇出病來的。

於此我們可以印證《紅樓夢》裡，劉姥姥看到「活凸出來」的畫，為何使她一度以為是真人，及至伸手去摸，卻又是一色平的！還有寶玉在東府小書房裡望慰的美人掛軸，又是如何「極畫得得神」！還有賈寶玉手上的美人風箏……這些在《紅樓夢》中出現的傳神美人畫，與敦敏一文所指宓妃風箏的共同點便是與真人畢似。如此畫風與藝術追求，或可說是曹氏繪畫的特點。

我們可以循此再進一步回溯曹雪芹刻畫林黛玉與薛寶釵的筆調。《紅樓夢》第三回曾描述林黛玉的外貌：「兩彎似蹙非蹙罥煙眉，一雙似喜非喜含情目。態生兩靨之愁，嬌襲一身之病。淚光點點，嬌喘微微。閑靜時如姣花照水，行動處似弱柳扶風。心較比干多一竅，病如西子勝三分。」這段形象突出的描繪，再加上賈寶玉所口稱「神仙似的」妹妹如何「秉絕代之姿容，具稀世之俊美」，還有他傷感時說出「戕寶釵之仙姿，灰黛玉之靈竅」之句。則薛、林二美人的形象塑造，若與〈瓶壺懋齋記盛〉相對照，則可使我們在文本交叉閱讀間，演繹出《紅樓夢》人物造型之獨到的藝術成就。

第十五回

微風，探問我靈魂何在……

紅樓人物情態

走過大觀園的瀟湘館、蘅蕪苑、秋爽齋、怡紅院……渡過沁芳溪，在紫菱洲駐足，於藕香榭遊憩，品一回香茶，說一說笑話，春風秋月等閒在指縫間流逝。讓我們再回顧一番男女主人公的縷縷幽懷。

《荊釵記・男祭》

【破陣子】

細雨霏霏時候，
柳眉烟鎖長愁。
昨夜東風驀吹透，
報道桃花逐水流。
新愁惹舊愁。

【新水令】

一從科第鳳鸞飛。
被奸謀、
有書空寄。

幸萱堂無禍危，
痛蘭房受岑寂，
捱不過凌逼！
阿呀妻吓！
恁身沉在浪濤裏。
咳！

【步步嬌】

將往事今朝重提起，
越惱得肝腸碎！
清明祭掃時，
省却愁煩、
且自酬醴。
須記得聖賢書：

道我不與祭、
如不祭。

【折桂令】

爇沉檀香噴金猊，
昭告靈魂，
聽剖因依。
自從俺宴罷瑤池，
宮袍寵賜，
相府把俺勒贅。
俺只為撇不下糟糠、
叽、
舊妻。
苦推辭桃杏新室，

致受磨折，
改調俺在潮陽。
阿呀妻吓！
因此上耽誤了恁的歸期。

【江兒水】

聽說罷衷腸事，
只為伊。
却原來不從招贅生奸計。
懊恨娘行忒薄義，
凌逼得你好沒存濟！
母子虔誠遙祭，
望鑒微忱，
早賜靈魂來至。

【雁兒落帶得勝令】

徒捧着淚盈盈一酒巵，
空列着香馥馥八珍味。
慕音容不見伊，
訴衷曲無回對。
呀，
俺這裡再拜自追思，
重會面是何時？
揾不住雙垂淚，
舒不開咱兩道眉。
先室！
哧，
恨只恨套書信的賊施計！

賢妻，

俺若是昧誠心，

自有天鑒知。

阿呀，

昧誠心自有天鑒知！

【僥僥令】

不是你爹行沒主意，

是你繼母太心欺。

貪戀富室豪門財和禮，

拋閃得好夫妻中路裡，

好夫妻中路裡！

【收江南】

呀！

早知道這般樣折散呵，
誰待要赴春闈？
便做到腰金衣紫待何如？
說來的話兒，
又恐怕外人知。
端的是不如布衣，
倒不如布衣！
阿呀妻吓！
只索要低聲啼哭自傷悲。

【園林好】
免愁煩，
回辭了奠儀。
只得拜馮夷，

多加些護持。

早早向波心中脫離。

惟願取免沉溺，

惟願取免沉溺！

【沽美酒帶太平令】

紙錢飄、

蝴蝶飛，

紙錢飄、

蝴蝶飛，

血淚染、

杜鵑啼。

覩物傷情越慘悽。

靈魂兒，

恁自知俺不是負心的、
負心的隨着燈滅。
花謝有芳菲時節，
月缺有團圓之夜，
俺呵！
徒然間早起晚息，
想伊家念伊。
阿呀妻吓！
要相逢，
除非是夢兒裡和你再成姻契

【尾聲】
昏昏默默歸何處？
哽哽咽咽常念你。

直上嫦娥宮殿裏。

一、賈寶玉的春癔

春季冰雪消融，氣溫回升，植物始發芽生長，許多美麗的鮮花逐漸綻放。在這萬物復甦的季節裡，人的生理和心理也醞釀起悄然的變化。尤其是在晴光瀲灩的日子，詩人心中冷卻的情感，似乎也正在一點一滴地重新點燃，他們將愛情的火苗藏在心裡，儘管世界動盪、世人迷亂，相愛的人仍只管做著純粹而溫柔的夢，用一雙似水的眼眸望進愛人的心底……。

紅樓夢第二十三回，賈寶玉突然陷入了春的愁緒中，像是林語堂所說的春瘧，也猶如老舍說過的，春天來臨時，那種在屋裡屋外都不安的慌亂。不知為何，寶玉忽然感到不自在起來，這也不好，那也不好，出來進去只是發悶。然而園中女孩子們，卻正是處於混沌世界天真爛漫之時，坐臥不避，嬉笑無心，哪裡知道寶玉此時的心事？而寶玉的不自在，也只是懶得待在園裡，就想到外頭鬼混，可是到了外頭，卻又是痴痴的說不出什麼滋味來。

他曾在《春夜即事》中自云：「霞綃雲幄任鋪陳，隔巷蛙聲聽未真。枕上輕寒窗外雨，眼前春色夢中人。盈盈燭淚因誰泣，點點花愁為我嗔。自是小鬟嬌懶慣，擁衾不耐笑言頻。」春光無限的時節，寶玉任憑自己讓彩霞般的錦被包裹著，在繡帳中依稀聽不真切深夜中隔巷傳來的更鼓梆子聲。此時已失去了睡意，便臥在枕上，窗外的雨聲教人微覺寒意，因此意識到眼前的青春歡樂，將難以長久，好夢總是容易流逝。於是在盈盈的燭淚中，想起林黛玉點點花愁的嗔怨，正像是南宋詩人方岳在〈不寐〉一詩中所云：「怯風思鶴冷，聞雨為花愁」。那嬌懶慣了的丫頭，此時擁被欲睡，不耐煩寶玉在她的耳邊頻頻談笑和說話。

春天竟是使人慵懶無力、坐臥不定的季節，尤其在乍寒乍暖的時候，僅管滿園春色，籬間台階上，也充滿春的氣息，而窗前簷下，更有春的淑氣，放眼望去，「桃含可憐紫，柳發斷腸青」，樹上枝頭，紅苞綠葉，恍惚受過春的撫摩而顯得格外溫存。林語堂曾在《記春園瑣事》中說道：「我雖未見春之來臨，我已知春到園中了。幾顆玫瑰花上，有一種蚜蟲，像嫩葉一樣青蔥，都占滿了枝頭，時時跳動。地下的蚯蚓，也在翻攢園土，滾出一堆一堆的小泥丘。連一些已經砍落，截成一二尺長小段，堆在牆角的楊樹枝，由於雨後平空添出綠葉來，教人詫異。」

作家看見地上的葉影在陽光中波動，心裡想著：這是「城春草木深」的時節了。此時人與動物，都會覺得春色惱人，心情也隨之不自在起來。這應該就是傷春的愁緒吧！中國文人為傷春而愁，西洋人也以「春瘧」，道出那時節人心的不安。而且是上自人類，下至動物，都一樣的。「連我的狗阿雜也在內，」林語堂說道。當他從徽州醫好了「春瘧」回來，又在徽州人廚夫面前誇讚屯溪的好風景。於是觸動了廚夫的故鄉情愁，「事實上他須天天在提菜籃，切蘿蔔，洗碗碟，怎禁得他不有幾分傷春意味？」於是在春瘧的那點不耐煩底下，小菜是越來越壞，又每每吃過飯，他便早早悄悄的外出了。更奇的是，向來不告假的阿經忽然也來告半天假。「他說：『鄉下有人來，須去商量要事。』我知道他也染上『春瘧』了。我說：『你去吧！但不要去和同鄉商量什麼要事。還是到大世界或新世界去走一遭，或立在黃浦灘上看看河水吧。』」林語堂露齒而笑，阿經心裡也許明白了他的意思。

同時，書局送信的小孩本已久不來了，現在卻似乎非來不可，就是沒有稿件，只有清樣，他也必來走一遭，或者來傳一句話，或來送一本雜誌。「我明白，他是住在楊樹浦街上，所看見的只是人家屋瓦、牆壁、灰泥、垃圾桶、水門汀，周圍左右一點也沒有綠葉。是的，綠葉有時會由石縫長出，卻永不會由水門汀裂縫出來的……。他非來我這邊不可，一來又是徘徊不去，因為春已在我的園中，雖然是小小的園中。」

林語堂告訴我們，除了人以外，動物也正在發春瘧：「我的家狗阿雜向來是獨身主義者，若在平日，住在家中，他倒也甚覺安閒自在。……但是現在不行，我的園地太小了，委實太小了；骨頭怎樣多，他還是不滿意。我明白：他要一個她，不管是環肥燕瘦，只要是個她便好了。但是這倒把我難住了。所以他也在發愁。」不但如此，就連小屋上的鴿子也上演了一齣因春瘧而引發的愛情悲劇！

春瘧的威力不小，作家老舍也指責春風：「老使我坐臥不安，心中游游摸摸的，幹什麼不好，不幹什麼也不好。」賈寶玉的慵懶無力、坐臥無心，也像是突然襲來的一場病癥。小廝茗煙見他這樣，很想讓他開心，便左思右想一遍，然後走到書坊內，把那古今小說並那飛燕、合德、則天、玉環的外傳，與那傳奇腳本，買了許多。寶玉一看，如得珍寶。解了他的症狀。於是將那文理雅道些的，揀了幾套帶進園去，放在床頂上，無人時方看。那時節正當三月中浣，早飯過後，賈寶玉攜了一套《會真記》，走到沁芳閘橋那邊桃花底下一塊石上坐著，從頭細看。正看到落紅成陣，只見一陣風過，樹上桃花吹下一大斗來，落得滿身滿書滿地皆是花片……。隨著這場花瓣雨，春天送來了一個她。寶玉和黛玉一同閱讀了《會真記》，然後他笑問道：「妹妹，你說好不好？」黛玉笑著點頭兒。寶玉笑道：「我就是個多愁多病的身，你就是那傾國傾城的貌。」黛玉聽了，不覺帶腮連耳都通紅了，登時豎起兩道似蹙非蹙的眉，瞪了一雙似睜非睜的眼，桃腮帶怒，薄面含嗔，指著寶玉道：「你這該死的，胡說了！好好兒的，把這些淫詞艷曲弄了來，說這些混帳話欺負我。我告訴舅舅、舅母去！」說到欺負二字，就把眼圈兒紅了，轉身就走。寶玉急了，忙向前攔住道：「好妹妹，千萬饒我這一遭兒罷！要有心欺負你，明兒我掉在池子裏，叫個癩頭黿吃了去，變個大忘八，等你明兒做了一品夫人，病老歸西的時候兒，我往你墳上替你馱一輩子碑去。」說的黛玉「噗嗤」的一聲笑了，一面揉著眼，一面笑道：「一般唬的這麼個樣兒，還只管胡說。呸！原來也是個銀樣槍頭。」寶玉聽了，笑道：「你說說，你這個呢？我也告訴去。」黛玉笑道：「你說你會過目成誦，難道我就不能一目十行了？」寶玉一面收書，一面笑道：「正經快把花兒埋了罷，別提那些個了。」二人便收拾落花。

寶玉與黛玉已經開始體會到初戀的甜蜜與痛苦，而耽溺於崔鶯鶯與張生的愛情故事裡，也讓他們在爛漫的春天，找到了情感的歸宿。

二、一場寂寞憑誰訴？——林黛玉的孤獨

林黛玉作為經典的文學意象，《紅樓夢》映入讀者眼簾的第一個句子，即是在《金陵十二釵．正冊》裡的判詞：「玉帶林中掛。」「玉帶林」既諧音林黛玉，同時也將她的精神面貌與未來命運，透過隱喻暗示的筆法，預告給了讀者。

美麗的玉腰帶，掛在枯木枝上，除了使人直覺領悟到曹雪芹所欲表達的「薄命」與「死亡」課題，同時也使我們意識到「孤獨」的寓意。在《紅樓夢》這部小說裡，經常出現主角的孤獨省思。故事第十九回年節中，東府賈珍擺酒看戲，那天唱的是《丁郎認父》、《黃伯央大擺陰魂陣》，更有《孫行者大鬧天宮》、《姜太公斬將封神》等戲文。倏爾神鬼亂出，忽又妖魔畢露。內中揚幡過會、號佛行香、鑼鼓喊叫之聲，聞於巷外。弟兄子侄互為獻

酬，姐妹婢妻共相笑語……。

賈珍、賈璉、薛蟠等只顧猜謎行令，百般作樂，在如此喧闐熱鬧的場景中，曹雪芹寫出了賈寶玉但願享受孤獨的心情：「獨有寶玉見那繁華熱鬧到如此不堪的田地，只略坐了一坐，便走往各處閑耍。……寶玉見一個人沒有，因想：『素日這裏有個小書房內曾掛著一軸美人，畫的很得神。今日這般熱鬧，想那裏自然無人，那美人也自然是寂寞的，須得我去望慰他一回。』」賈寶玉在情榜中列為「情不情」，那是對自然萬物流露出真摯的感情，甚至連一朵花、一隻燕、一架風箏，都能陡然引發他「西風獨自涼」的詩人感懷。

作為賈寶玉的知音，黛玉的孤獨感比寶玉更為深刻，而且作者往往是透過林黛玉對於賈寶玉的深知，來表露她的寂寞。《紅樓夢》第三十九回，劉姥姥描述了一個平頭整臉的小姑娘，在大雪天裡抽柴火的情景，劇情剛剛起了個懸疑費猜疑的開頭，接下來卻結結實實地賣了個關子，惹得寶玉滿心牽掛，只惦念這樁抽柴的故事，因而心中悶悶不樂，連探春和他商議詩社請老太太賞菊如何？寶玉也只是心不在焉地笑道：「老太太喜歡下雨下雪的，咱們等下頭場雪，請老太太賞雪不好嗎？」此時滿屋子裡，唯有林黛玉了解賈寶玉的心思，因而笑道：「咱們雪下吟詩，依我說，還不如弄一梱柴火，雪下抽柴，還更有趣兒呢！」黛玉對寶玉的情緒與心思，所知甚深，亦甚為透徹。在寶黛相戀的關係中，反映男女體貼感情的細膩程度有別，黛玉深深了解寶玉，寶玉卻不一定能相應地體會黛玉的心情，這才是林妹妹孤獨的源頭。

小說第四十四回，王熙鳳生日擺酒唱戲，眾人看演《荊釵記》，劇中王十朋與窮妻錢玉蓮情深意篤，卻在考中狀元之後，為娶丞相的女兒而逼使錢玉蓮投江自盡，王十朋事後來到江邊哀哀哭祭。就在這一齣《男祭》上，林黛玉眼中看戲，口裡卻發出批評道：「這王十朋也不通的很，不管在哪裡祭一祭罷了，必定跑到江邊上來做什麼？俗語說睹物思人，天下的水總歸一源，不拘哪裡的水舀一碗，看著哭去，也就盡情了。」寶玉出府，對這鄉間的井水沉痛地哀悼，連隨侍的茗煙都不明究理，而林黛玉卻能足不出戶，便一語道破並暗批寶玉，此處正顯示林黛玉是唯一知道寶玉私自出府緣由的人，因此林黛玉是寶玉唯一的知音，她最能理解寶玉無人可訴的滿腔憂懷。

於是林黛玉的孤獨便源自寶玉對她的不理解，小說第二十九回賈母帶著眾人到清虛觀打醮，張道士捧來一個盤子笑道：「眾人托小道的福，見了哥兒的玉，實在稀罕，都沒什麼敬賀的，這是他們各人傳道的法器，都願意為敬賀之禮。雖不稀罕，哥兒只留著玩耍賞人罷。」賈母聽說，向盤內看時，只見也有金璜，也有玉塊，或有『事事如意』，或有『歲歲平安』，皆是珠穿寶嵌、玉琢金鏤，共有三五十件。張道士退出之後，寶玉坐在賈母旁邊，叫個小丫頭子捧著方才那一盤子東西，用手翻弄尋撥，一件一件的挑與賈母看。賈母因看見有個赤金點翠的麒麟，便伸手拿起來，笑道：「這件東西，好像是我看見誰家的孩子也帶著一個。」寶釵笑道：「史大妹妹有一個，比這小些。」寶玉聽見史湘雲有這件東西，自己便將那麒麟忙拿起來，揣在懷裡。忽又想到怕人看見，因此手裡揣著，卻拿眼睛瞟人。當時眾人都不在意，惟有黛玉瞅著他點頭兒，寶玉不好意思起來，又掏出來，瞅著黛玉訕笑道：「這個東西有趣兒，我替你拿著，到家裡穿上個穗子你帶，好不好？」黛玉將頭一扭道：「我不稀罕。」寶玉笑道：「你既不稀罕，我可就拿著了。」

林黛玉向來對於他人慣常佩戴之物，顯得非常敏感與不悅！尤其是薛寶釵的金鎖直指著家族聯姻的「金玉良緣」之說，讓她深以為憂。如今眼看著寶玉為了史湘雲也有的緣故，收下了這枚金麒麟，還虛假地說要穿上個穗子讓給黛玉。黛玉因此氣得扭頭，可嘆的是，寶玉卻仍將這赤金點翠的麒麟當個寶似的揣在了懷裡，於是我們知道林黛玉始終是孤獨的，連賈寶玉的心都遠離了她，那麼她的憂傷還有誰人能訴？

三、大觀園裡的經濟高手——李紈

在大觀園裡，縞衣素服、孀居守寡的李紈，平時生活僅知侍親養子、陪侍小姑們做些針黹誦、讀詩書而已。然而這表面上的樸素，都緣於她寡婦的身分。事實上她是個頗有經濟頭腦的人。

《紅樓夢》第五十六回，探春在大觀園裡興利除弊，打算實行責任承包制度。可惜她對於經濟作物的認知看來是很有限的，竟然說：「可惜『蘅蕪苑』和『怡紅院』這兩處大地方，竟沒有出利息之物。」李紈連忙笑著糾正她：「『蘅蕪苑』才更厲害，如今香料鋪並大市大廟賣的各處香料，香草都不是這些東西？算起來比別的利息更大！那『怡紅院』不說別的，單只說春、夏天一季玫瑰花共下多少花？還有一帶籬笆上薔薇、月季、寶相、金銀藤，單這些沒要緊的草花曬乾了，賣到茶葉鋪、藥鋪去，也值幾個錢！」

熟悉《紅樓夢》的人都說探春最是頭腦清楚，行事精明不落鳳姐之後，然而在她理家的當下，李紈輕輕幾句話，已使我們看出這大觀園中最富經濟頭腦的人，應該還有李紈，也許她的精算，並不在探春之下，更可能超過了王熙鳳。只不過平時礙於身分，不敢過度聲張罷了。

小說第四十五回，大觀園眾人欲組海棠詩社，李紈帶著弟妹們直搗黃龍，來找鳳姐兒募款，表面還得說得好聽，是想聘請她當個監察御史。結果被厲害的王熙鳳給戳穿了。

話說鳳姐兒正撫恤平兒，見眾姐妹進來，連忙讓坐，平兒斟上茶來。鳳姐笑道：「今兒來的這些人，倒像下帖子請了來的。」探春先笑著說：「我們起了個詩社，頭一社就不齊全，眾人臉軟，所以就亂了例了。我想必得你去做個『監社御史』，鐵面無私才好。」鳳姐推拖：「我又不會做什麼濕的乾的，要我吃東西去不成。」探春道：「你雖不會做，也不要你做；你只監察著我們裡頭有偷安怠惰的，該怎麼樣罰他就是了。」鳳姐笑道：「你們別哄我，我猜著了，哪裡是請我做監察御史？分明是叫我做個進錢的銅商。你們弄什麼社，必是要輪流做東道的。你們的錢不夠花，想出這個法子來勾了我去，好和我要錢。可是這個主意？」

為著王熙鳳不顧情面地一語道破，李紈才露臉笑道：「真真你是個水晶心肝玻璃人兒！」鳳姐趕緊抬出算盤來虧她：「你還是個大嫂子呢！姑娘們原叫你帶著唸書，學規矩，針線俱要教導她們的。這會子起詩社，能用幾個錢？你就不管了！老太太、太太罷了，原是老封君，妳一個月十兩銀子的月錢，比我們多兩倍子。老太太、太太還說你寡婦失業，可憐，不夠用！又有個小子，足足的又添了十兩銀子，和老太太、太太平等；又給你園子裡的地，各人取租子；年終分年例，你又是上上分兒。你娘兒們主子奴才共總沒有十個人，吃的穿的仍舊是大官中的。通共算起來，也有四五百銀子。這會子妳就每年拿出一二百兩來陪他們玩玩，能有幾年呢？她們明兒出了閣，難道還要你賠不成？這會子妳怕花錢，挑唆她們來鬧我，我樂得去吃一個河涸海乾，我還不知道呢！」

原來李紈的收入竟十分可觀！而且歷年來只有進沒有出的。這一點可能眾人不太理會，然而每年年終分例與每月的月銀，可都是從王熙鳳手上經過的，李紈的分例甚至還遠超過了鳳姐，因此她最清楚李紈帶著大家來鬧著要錢，是多麼不合理的事！

然而李紈更厲害的是，將話題扯回不久前王熙鳳醉後狠打平兒的糗事，這樣一來可就使得鳳姐兒招架不住了。我們先看李紈笑道：「你們聽聽，我說了一句，她就說了兩車無賴的話！真真泥腿市俗，專會細算盤、分金掰兩的。你這個東西，虧了還托生在詩書大官人家做小姐，又是這麼出了嫁，還是這麼著！若生在貧寒小門小戶人家，做了小子丫頭，還不知怎麼下作呢！天下人都被你算計了去！昨兒還打平兒，虧你伸得出手來，那黃湯難道灌喪了狗肚子裡去了？氣得我只要替平兒打抱不平兒，忖奪了半日：好容易『狗長尾巴尖兒』的好日子，又怕老太太心裡不受用，因此沒來。究竟氣還不平。你今兒倒招我來了，給平兒拾鞋還不要呢！你們兩個，很該換一個過兒才是。」眾人一時都被李紈漂亮的言詞給哄過去，忘了撥算盤，只衝著她用那樣犀利的口才狠狠地數落王熙鳳，因此都笑了。

鳳姐忙討饒：「哦！我知道了！竟不是為詩為畫來找我，竟是為平兒報仇來了。我竟不知道平兒有你這一位仗腰子的人，早知道就有鬼拉著我的手，我也不敢打她了。平姑娘，過來，我當著你大奶奶、姑娘們替你賠個不是，擔待我酒後無德罷！」王熙鳳的口角也不遑多讓，因此眾人又笑了。落後還是鳳姐求饒：「好嫂子！妳且同他們回園子裡去吧。才要把這米賬合他們算一算，那邊大太太又打發人來叫，又不知有什麼話說，須得過去走一走。還有你們年下添補的衣服，也得打點給人做去呢。」李紈笑聲中依然霸道：「這些事情我都不管，妳只把我的事完了，我好歇著去，省得這些姑娘小姐鬧我。」王熙鳳再三拿事推拖，又是撒嬌，希望能躲過捐款一事，最終李紈撂下一句話：「你們聽聽，把她會說話的！我且問妳，這詩社倒底管不管？」鳳姐退無可退，沒了辦法只好挺身回道：「這是什麼話？我不入社花幾個錢，我不成了大觀園的反叛了麼？還想在這裡吃飯不成？明日一早就到任，下馬拜了印，先放下五十兩銀子給你們慢慢的做會社東道。過後幾天，我又不作詩作文，只不過是個俗人罷了。監察也罷，不監察也罷，有了錢了，愁著你們還不攆出我來！」說的眾人又都笑起來。

李紈的手上並不缺資金，但是她真正的才能應該還是位募款高手吧！

四、受得富貴，耐得貧賤——賈母的孟子哲學

《紅樓夢》第一百零七回，賈府因犯罪情節重大，不僅獲罪抄家，賈赦與賈珍還雙雙被判發配海疆效力贖罪。賈政費了一番功夫向公家討情，讓這兩個人在上路前，得以回家一趟，一來見見老母親，二來各自與妻子道別，同時家裡也得準備相當的銀兩，供他們當作路費。只是賈府早就外強中乾，再加上抄家的時候，東西兩府幾乎被奪走了所有的財寶。王熙鳳因為家裡遭劫，所有箱籠廚櫃已經空空蕩蕩，歷年來辛苦努力的積攢，一朝付諸東流，其痛心疾首，竟導致一病不起，奄奄一息了。

賈母看見這般光景，一手拉著賈赦，一手拉著賈珍，此二人便大哭起來：「兒孫們不長進，將祖上功勛丟了，又累老太太傷心，兒孫們是死無葬身之地的了！」在此生離死別的時刻，全家人痛哭成一團，完全失了方寸。這八十歲的老祖宗卻安靜地叫邢、王二媳婦與貼身丫環鴛鴦一起打開她的箱籠，然後將她一生積攢的東西都拿出來，一一分派說道：「這裡現有的銀子，交賈赦三千兩，你拿二千兩去做你的盤費使用，留一千給大太太另用。這三千給珍兒，你只許拿一千去，留下二千交你媳婦過日子。」因為寧國府和賈珍的住宅群都已貼上了封條，所有人一概吃穿用度都擠在賈政這一房，於是賈母又繼續說道：「四丫頭將來的親事，算是我的事。只可憐鳳丫頭操心了一輩子，如今弄得精光，也給她三千兩，叫她自己收著，不許叫璉兒用。如今她還病得神昏氣喪，叫平兒來拿去。」

分完了銀錢，又交代衣服首飾。老太太將她丈夫留下來的衣服，以及她自己少年時穿的服飾分給大家。「男的呢，叫大老爺、珍兒、璉兒、蓉兒拿去分了；女的呢，叫大太太、珍兒媳婦、鳳丫頭拿了分去。」最後還記得她最鍾愛的女兒賈敏留下的骨肉林黛玉。「這五百兩銀子交給璉兒，明年將林丫頭的棺材送回南邊去。」此外，老太太還想到目前全家只依賴次子賈政在朝廷當差，同時他一定需要到處求人情，所以又拿了些金子讓賈政去變賣。她說：「你也是我的兒子，我並不偏心。寶玉已經成了家，我剩下這些金銀等物，大約還值幾千兩銀子，都給寶玉了……」

老太太這麼大年紀，一生享受富貴，沒有遇到過重大危難，可惜兒孫們不孝順，讓老祖宗承受了莫大的痛苦。然而全家上下在此危亡之時，最為雍容大度的人卻正是賈母。她對賈政說：「如今家裡留幾個人就夠了。你就吩咐管事的，將人叫齊了，分派妥當。各家都有人服侍便罷了，其餘的僮僕小廝丫環們，該配人的配人，賞去的賞去吧。」

除了人事的去留，老太太也對房產做了交代。雖然此刻住的房子不入官，她仍要賈政上奏朝廷將大觀園交出去才好。至於鄉下的那些田地也交給賈璉去清理，該賣的賣，該留的留，斷不要為了保個空架子而硬撐著，做空頭。

交代完家裡的事，老祖宗還記得她們的至交江南甄家的事。原來甄家出於信任，還有些銀子讓二太太幫忙收著，此時該叫人送還。老太太是害怕如果自家又出亂子，怕保不住甄家的財產，那樣便對不起人家了，到時候可不是躲過了風暴又遇著了雨麼！

她的最後一件心願是，還剩得一點值錢的東西，都要留給服侍過她的丫環們。賈母重情重義，此時將人情事理分派得一絲不苟，而且做到了臨危不亂、從容不迫，真正維繫了世家名門的體面。可惜底下的兒孫們不知當家立

計，平時違法亂紀，在地方上巧取豪奪、恃強凌弱，一旦大廈將傾，個個惟有痛哭不知所措。他們請求老太太寬懷，等過些時候，再度邀聖上恩眷，那時必定兢兢業業治家，奉養老太太到一百歲。

賈母面對滿屋子兒孫，此時說了一句非常重要的話，代表她的人生觀：「你們別打量我是享得富貴、受不得貧窮的人哪。」也許她從前也指望兒孫們比祖宗還強，如今寶玉已是癡癡傻傻、賈政既平庸無能又為下人所操弄、賈赦賈珍等爺們更是不知道做些什麼壞勾當！老太太引用《孟子・盡心上》篇的話說：「居移氣，養移體。」意思是看看當年孟子乍來到齊國國都，他見識到齊王兒子豪華的生活，因此發出感嘆：「他不也就是一個人嘛！需要這麼多車子，這麼多僕人嗎？可見我們所處的地位會改移人的氣質，所得到的優厚奉養，也能改移人的體態。那是因為地位和環境的力量實在太大了！」老太太說她這幾年看著兒子們在外頭轟轟烈烈的，所以她可以落得諸事不管，成天說說笑笑，養養身子。如今家運突然一敗至此！雖然她早就知道賈家是外頭好看，裡頭空虛了，然而偌大一個家族，一時也下不得臺來。如今借此正好收斂些，只要守住個門頭，別叫人看笑話就行了。

到了小說第一百零八回，史湘雲出嫁後第一次回來探視賈母，湘雲說：「我從小兒在這裡長大的，這裡那些人的脾氣，我都知道的。這一回來了，竟都改了樣子了！我打量我隔了好些時沒來，他們生疏我。我細想起來，竟不是的。就是見了，我瞧他們的意思，原要像先前一樣的熱鬧，不知道怎麼，說說就傷心起來了。我所以坐坐就到老太太這裡來了。」

賈母對於年輕人經歷了風波阻難，便振作不起來，很看不上眼：「寶玉這孩子，以前很伶俐，很淘氣的，如今為著家裡的事不好，把這孩子越發弄的話都沒有了。倒是珠兒媳婦李紈很好，她有錢時候是這麼著，沒錢時候她

也是這麼著，帶著蘭兒靜靜兒的過日子，倒難為她。」大約賈母就欣賞和她一樣，無論貧賤富貴，心境始終坦然自若的人。那湘雲便又說道：「別人還不離，獨有璉二嫂子，連模樣兒都改了，說話也不伶俐了。」賈母聽說王熙鳳簡直變了一個人，也是感慨萬端：「大凡一個人，有也罷，沒也罷，總要受得富貴，耐得貧賤才好。妳寶姐姐生來是個大方的人。先前她家裡這樣好，她也一點兒不驕傲，後來她家壞了事，她也是舒舒坦坦的。如今在我家裡，寶玉待她好，她也是那樣安頓；一時待她不好，也不見她有什麼煩惱。我看這孩子倒是個有福氣的。可是妳林姐姐，那是個最小性兒，又多心的，所以到底不長命。鳳丫頭呢，也見過些事，很不該略見些風波就改了樣子。她若這樣沒見識，也就是小器了。」

老太太這一番評論，儼然又是孟子的哲學：「居天下之廣居，立天下之正位，行天下之大道。得志與民由之，不得志獨行其道。富貴不能淫，貧賤不能移，威武不能屈。此之謂大丈夫。」（滕文公下）老太太評論兒孫媳婦們，不僅是就其為人的大方和小器來褒貶個人，同時寄望子孫在危亡之間展現大家風範，像李紈、薛寶釵都是有氣度的人，可惜王熙鳳先前那樣一副好剛口！說話作風最漂亮的人，如今三兩下就被打倒了，連話都說不齊全，所以她也就不算是真正能成大事者。而最讓老太太操一輩子心的還是寶玉與黛玉，結果他們一死一瘋傻，痛煞真正疼愛他們的長輩。可知但凡挺不過人生風浪的，便不算是有福之人。

五、致虛極，守靜篤——鴛鴦哭靈

賈府的精神支柱老太君過世之後，長子賈赦因遭流放海疆，而次子賈政又是個拘泥的人，凡有事情便說：「請大太太的主意。」那邢夫人得了這道令箭，便將老太太自己留下來的棺材本都攢在手裡，一來因為她本來就有吝嗇的毛病；再者也是長期缺乏安全感，丈夫不在，又才剛抄了家，很怕手頭緊，將來沒有留餘地，因此只知道將錢死拿住不放鬆。

而鴛鴦這頭卻想著老太太的銀錢都已交了出去，怎麼鳳姐天天裝出一副捉襟見肘模樣，這場原本應該要很體面的喪禮，直以荒腔走板、讓外人看笑話的情形收尾。於是她嚴重懷疑王熙鳳不肯用心辦事，竟向賈母靈前嘮嘮叨叨哭個不了。《紅樓夢》八十回後，一寫寶玉哭靈，將他對黛玉的滿腹思念和疼惜傾瀉而出；二寫鴛鴦哭靈，將她對鳳姐兒的狐疑與不諒解，用叨叨念念的瑣碎語句脫口而出。寶玉哭靈乃是為了他一生的愛情；鴛鴦哭靈則是抒發她這輩子所受到的恩情。

鴛鴦古怪的行徑，也驚擾了全家人。大家都在耳語：似乎她與鳳姐鬧翻了?!此時只有李紈說了一句公道話：「俗語說的，牡丹雖好，全仗綠葉扶持，太太們不虧了鳳丫頭，那些人還幫著麼？若是三姑娘在家還好，如今只有他幾個自己的人瞎張羅，背前面後的也抱怨，說是一個錢摸不著，臉面也不能剩一點兒！老爺是一味的盡孝，庶務上頭不大明白。這樣的一件大事，不撒散幾個錢就辦得開了麼？可憐鳳丫頭鬧了幾年，不想在老太太的事上只怕保不住臉了！」可是僅管李紈心知肚明，卻沒有勇氣出來主持公義。書上說：「獨有李紈瞧出鳳姐的苦處，卻不敢替她說話。」只這幾個字已經道盡人心大抵如此，真是力透紙背！

接下來，鴛鴦的行為更是令賈府眾人意想不到！她在老太太辭靈的場合缺席了。那時她獨自躲起來哭了一場，想到：「自己跟著老太太一輩子，身子也沒有著落。如今大老爺雖不在家，大太太的這樣行為，我也瞧不上。老爺是不管事的人，以後便亂世為王起來了。我們這些人不是要叫他們掇弄了麼？誰收在屋子裡，誰配小子，我是受不得這樣折磨的，倒不如死了乾淨！

但是一時怎麼樣的個死法呢？」

一面想，一面走到老太太的套間屋內。剛跨進門，只見燈光慘淡，隱隱有個女人拿著汗巾子，好似要上吊的樣子。鴛鴦也不驚怕，心裏想道：「這一個是誰？和我的心事一樣，倒比我走在頭裡了。」便問道：「妳是誰？咱們兩個人是一樣的心，要死一塊兒死。」那個人也不答言。鴛鴦走到跟前一看，並不是這屋子的丫頭。仔細一看，覺得冷氣侵人，一時就不見了。

鴛鴦呆了一呆，退出在炕沿上坐下，細細一想，道：「哦！是了。」這是東府裡小蓉大奶奶啊！她早死了的了，怎麼到這裡來？必是來叫我來了。她怎麼又上吊呢？」想了一想，道：「是了，必是教給我死的法兒。」鴛鴦這麼一想，邪侵入骨，便站起來，一面哭，一面開了粧匣，取出那年絞的一綹頭髮，揣在懷裡，就在身上解下一條汗巾，按著秦氏方才比的地方拴上。

自己又哭了一回，聽見外頭人客散去，恐有人進來，急忙關上屋門，然後端了一個腳凳，自己站上，把汗巾拴上扣兒，套在咽喉，便把腳凳蹬開。可憐咽喉氣絕，香魂出竅！

鴛鴦一死，王夫人、寶釵等聽說了，大家都哭著去瞧。那邢夫人以稱讚的口吻說道：「我不料鴛鴦倒有這樣志氣！快叫人去告訴老爺。」只有寶玉聽見此信，便唬得雙眼直豎。襲人等慌忙扶著說道：「你要哭就哭，別憋著氣。」寶玉死命的才哭出來了，心想：「鴛鴦這樣一個人，偏又這樣死法。」又想：「實在天地間的靈氣，獨鍾在這些女子身上了！他算得了死所。我們究竟是一件濁物，還是老太太的兒孫，誰能趕上他？」鴛鴦的人生之無路可走，被當作是一件節義的壯舉。如此大的諷刺！教我們似曾相識。原來此處《紅樓夢》的情節又出現了「特犯不犯」的藝術效果。當年秦可卿自縊身亡後，也有個丫環瑞珠殉主。那瑞珠丫頭的死，直指「秦可卿淫喪天香樓」一事。脂批云：「『秦可卿淫喪天香樓』，作者用史筆也。老朽因有魂托鳳姐賈家後事二件，豈是安富尊榮坐享人能想得到者？其事雖未行，其言其意，令人悲切感服，姑赦之，因命芹溪刪去『遺簪』、『更衣』諸文，是以此回只十頁，刪去天香樓一節，少去四五頁也。」

瑞珠親眼見到不堪入目的秘辛，自知沒有活路，因而自戕身亡。小說寫道：「忽又聽見秦氏之丫鬟，名喚瑞珠，見秦氏死了，也觸柱而亡。此事更為可罕，合族都稱嘆。賈珍遂以孫女之禮殯殮之，一併停靈於會芳園之登仙閣。」在禮教的一片嘆服聲中，我們實際上看到瑞珠與鴛鴦一前一後的殉主，都是為了揭示賈珍、賈赦無恥的行徑。作者對於淫污紈褲將情愛看得輕忽輕薄，感到痛心！因此將太虛幻境「癡情司」的首座，頒給了秦可卿和鴛鴦。

我們看《紅樓夢》第一百一十一回，鴛鴦死後的靈魂一時無處投奔，卻見秦可卿隱隱在前方引領，她急忙趕上，說道：「蓉大奶奶，妳等等我。」那個人說道：「我並不是什麼大奶奶，我是警幻的妹妹可卿。」鴛鴦不解地問道：「妳明明是蓉大奶奶，怎麼說不是呢？」那人便解釋道：「這也有個緣故，待我告訴妳，妳自然明白了。我在警幻宮中，原是個鍾情的首座，管的是風情月債。降臨塵世，自當為第一情人，引這些癡情怨女，早早歸入情司，所以我該懸樑自盡的。因我看破凡情，超出情海，歸入情天，所以太虛幻境『癡情』一司，竟無人掌管。今警幻仙子已經將妳補入，替我掌管此司，所以命我前來引妳前去。」

鴛鴦的魂魄反駁道：「不對！不對！我是個最無情的，怎麼算我是個有情的人呢？」可卿回答：「妳還不知道嗎？世人都把『淫慾』之事當作『情』字，所以做出傷風敗化的事情來，還自謂是風月多情，無關緊要呢。不知『情』之一字，喜怒哀樂未發之時，便是個『性』；喜怒哀樂已發，便是『情』了。至於你我這個情，正是未發之情，就如那花的含苞一樣，若待發洩出來，這個情就不為真情了。」原來含苞未發之時，那情是真誠無欺的。鴛鴦的魂聽了，點頭會意，便跟了秦氏可卿而去。

《紅樓夢》的作者將掌管「癡情司」的首座，交給了表面上最無情無愛之人鴛鴦，她曾經說過：「這輩子別說是寶玉，就是寶金寶銀寶天王寶皇帝，橫豎不嫁人就完了！就是老太太逼著我，一刀子抹死了，也不能從命！」如此斬釘鐵地立志發誓她此生就是「不愛」！於是終於保全了「情」之一字的純真面貌。

我們再回顧《紅樓夢》第五回警幻將她的妹妹可卿交給寶玉時，他也認為寶玉的感情很真：「塵世中多少富貴之家，那些綠窗風月，繡閣煙霞，皆被那些淫污紈褲與流蕩女子玷辱了。更可恨者，自古來多少輕薄浪子，皆以好色不淫為解，又以情而不淫作案，此皆飾非掩醜之語耳。好色即淫，知情更淫。是以巫山之會，雲雨之歡，皆由既悅其色，復戀其情所致。吾所愛汝者，乃天下古今第一淫人也！」

那時寶玉也唬得慌忙辯解，自己還不懂情，更不知淫。而此時的寶玉也真是年紀尚幼，如同含苞的花朵一般，尚未引發濃烈的情慾。他與黛玉同隨賈母一處坐臥，故略比別個姊妹熟慣些。既熟慣，則更覺親密，既親密，則不免一時有求全之毀，不虞之隙，所以有時候會因言語而有些不和。這也是情感未萌發之時的爛漫天真情態。因此警幻對寶玉說道：「淫雖一理，意則有別。如世之好淫者，不過悅容貌，喜歌舞，調笑無厭，雲雨無時，恨不能天下之美女供我片時之趣興。此皆皮膚濫淫之蠢物耳。如爾則天分中生成一段癡情，吾輩推之為『意淫』。惟『意淫』二字，可心會而不可口傳，可神通而不能語達。汝今獨得此二字，在閨閣中雖可為良友，卻於世道中未免迂闊怪詭，百口嘲謗，萬目睚眦。」

癡情者受到世人瞪目，如：賈寶玉；絕情者不為人們所理解，便是金鴛鴦。他們一前一後步入太虛幻境，也都是因為情感將萌未萌，並且都是天生重情之人。而警幻／秦可卿實則二而一，她們在至高點上標舉寶玉和鴛鴦以提醒芸芸眾人：常道只是虛，那是空、靜的狀態。我們堅守常道，讓萬物回歸本來的面目，則知「情即是淫」，萬物乃是一體，而且會永遠地循環反覆下去，猶如老子道德經所云：「致虛極，守靜篤。萬物並作，吾以觀復。」

六、俺的睡情誰見？——史湘雲

除了釵、黛以外，曹雪芹筆下的美人形象，也是古典小說中的一絕！他幾乎寫全了動態美、靜態美、全身立像、半身定妝，和細部表情聚焦……等各種面向。例如：史湘雲在隆冬時節，頭上帶著一頂挖雲鵝黃片金裏大紅猩猩氈昭君套，脖子上圍著大貂鼠風領，上半身穿著賈母給她的一件貂鼠腦袋面子、大毛黑灰鼠裏子、裏外發燒的大褂子，作者不僅讓我們了解她外罩皮草的面料與裡子的講究；同時也展現出外掛底下很華麗雅緻的繡工與配色。我們看湘雲一面和黛玉說話，一面脫了褂子，秀出一件半新的靠色三廂領袖秋香色盤金五色繡龍窄褃小袖掩襟銀鼠短襖，裏面短短的一件水紅粧緞狐服褶子，腰裏緊緊束著一條蝴蝶結子長穗五色宮絛，這身窄褃束腰的短襖，完全顯露她的手臂、胸型與腰身，因此作者進一步用八個字形容她：「蜂腰猿背，鶴勢螂形。」當我們的視線再往下移，就會發現她腳下穿著一雙可修飾身長的鹿皮小靴。如此修長俏麗的服裝設計，大觀園裡人人見了都驚豔！

小說第四十九回史湘雲醉眠芍藥裀，更以其花朵圍裏的浪漫睡姿來展現美好的身段。當時眾人見湘雲臥於山石僻處一個石凳子上，已經是你香夢沉酣，四面芍藥花飛了一身，滿頭臉衣襟上皆是紅香散亂，手中的扇子在地下，也半被落花埋了，一群蜂蝶鬧穰穰的圍著他，又用鮫帕包了一包芍藥花瓣枕著。眾人看了，又是愛，又是笑，忙上來推喚挽扶……史湘雲的身段好、情態嬌憨、性格爽朗之外，曹雪芹還從賈寶玉的眼中再端詳她的睡情，而言詞之中，仍是兄妹之間的疼惜與關懷。小說第二十一回寫道：

天明時，便披衣靸鞋往黛玉房中來。不見紫鵑、翠縷二人，只見他姐妹兩個尚臥在衾內。那林黛玉嚴嚴密密裹著一幅杏子紅綾被，安穩合目而睡；史湘雲卻一把青絲拖於枕畔，被只齊胸，一彎雪白的膀子撂於被外，又帶著兩個金鐲子。寶玉見了，嘆道：「睡覺還是不老實！回來風吹了，又嚷肩窩疼了。」一面說，一面輕輕的替她蓋上。

史湘雲的濃髮白臂與金鐲相映，則又是作者很真實的局部特寫，而且巧妙地與林黛玉做了對照。而這段寫寶玉的窺視，藉以在心中評價心上人與另一美人的對照，非常神似日本《源氏物語》中，源氏偷看空蟬與軒端荻對弈的情景：

源氏公子只為了一解相思之苦，所以悄悄地從邊門口進來，鑽進簾子和格子門之間的狹縫，凝視內室的情景。「那靠著中柱朝西打橫坐著的，正是我的意中人空蟬！」他仔細窺看：但見空蟬今天穿著深紫色花綢衫，身材纖細，姿態淡雅清新，臉面不由自主地掩映閃躲，因此教人看不分明，而且空蟬甚至連雙手都時時藏進衣袖；但是與她下圍棋的另一人卻是全身都令人看得清楚的。這軒端荻如今穿著白色薄絹衫，再隨隨便便地披著一件紫紅色外掛，腰上束著紅色裙帶，不僅紅白相間，顏色亮眼，而且裙帶以上的領子是開敞的，故而露出一片雪白胸脯，膚色則潔皙可人，體態渾圓，身量修長，額髮分明，唇邊眼梢流露出無限愛嬌，樣子又很是落拓不羈，如此姿態可說是十分艷麗！

附帶一提，日本平安王朝時期，女人長髮垂肩，當時人們最愛欣賞的就是長髮垂肩處的光潤，而軒端荻的髮絲垂肩處，也處理得很美！因此面對著這樣一個意想之外的美人兒，源氏公子很興味地欣賞著，只不過仍有所評斷：「能再稍稍穩重些更好。」

如此看來，兩部鉅著的作者都有相似的敘事趣味：不正面描寫男主角的意中人，卻濃重地刻畫女主人公身旁異軍突起的美人兒，似乎也給予讀者超出期待視野的新鮮觀感，如此避重就輕的錯落筆致，也很值得我們細心玩味。

第十六回

百年科技願景

《新石頭記》飛車大賞

晚清科幻作品中，賈寶玉參觀了水師學堂五萬人大教室的教學現場。因為人人都戴著類似現在的iphone無線耳機，因此講員的聲音近得如在耳邊。而且文科在教室裡聽講，武科隨即到海上進行電光操演，其間也包含運用潛水設備做海洋生態展示。這是百年前中國人希望做到的科技教育環境。我們今天重新回顧，也許正是省思教育的起點。

寶玉道：「這裡到文字區狠遠，怎麼連去呢？」述起道：「這種笨重東西，只好由隧道，行駛電車，這是在地下開了隧道，所以省稱叫隧車。」寶玉道：「地底火車，曾聽說外國有的，卻沒有見過。」述起笑道：「那是安設軌道，限定時刻往來的，最是誤人事。敝境這個不用軌道。那隧道開足五十丈寬，四通八達，一律平鋪鐵板，不用軌道。隧道兩旁，都開設了車行，任客隨時僱用。」寶玉道：「不用軌道，不怕碰撞麼？」述起道：「隧車全用鐵板做成，鐵板上都過足了電氣，拒離力極大。兩車到了五尺之內，便互相拒住不得相近，那裡還會碰撞呢？」

——（清）吳趼人《新石頭記》第三十三回

一、賈寶玉看報紙

在百二十回《紅樓夢》裡，賈寶玉科考結束之後，突然消失在茫茫人海中。他於塵世間的最後一站，現身在毗陵驛。一百五十年後，一個曾經在上海茶樓裡做夥計的十八歲青年，逐漸興起了《新石頭記》的科幻敘事。此人便是十九世紀末，上海的辦報達人吳沃堯。

自一八九七年起，吳沃堯先後主持過《字林滬報》、《采風報》、《奇新報》、《寓言報》等刊物。其後又在《月月小說》總編任內，寫下《二十年目睹之怪現狀》等著作，於是從辦報達人一躍而成為「小說鉅子」！

吳沃堯於一九〇五年起，在《南方報》上連載《新石頭記》，而故事就從寶玉離家之後說起。原來在青埂峰下幾世幾劫之後，寶玉忽然再度想起了當年大觀園中諸女子，就此凡心一動，便只想回家一趟。

再度蹈身塵俗的賈寶玉，第一眼看見的奇怪事物就是吳沃堯辦的報紙：

> 又見那邊用字紙，甚是古怪，攤開看，上面橫列著「新聞」兩個字。……底下卻是些小字，細細看去，是一篇論說。看到後面，又列著許多新聞時事，不覺暗暗納悶。拿了這張紙，翻來覆去的看了又看，也有可解的，也有不可解的，再翻回來，猛看見第一行上，是：大清光緒二十六年口月口日，即西曆一千九百零一年口月口日，禮拜日。（第一回）

賈寶玉看到報紙上的年月，大吃一驚！便想問人金陵城如今何在？當時茶館裡有一個人，也可能就是吳沃堯當年跑堂的化身。這人只知道有一個寧國府，卻不知有榮國府。寶玉的小廝焙茗在一旁插嘴道：「爺別理他。咱們

賈家的門第，南京、北京，那個不知道的？像劉姥姥，她還是個女人，也會找到咱們家去。」那人聽了，怔怔的說道：「剛才聽你們說的，莫不是要問那《紅樓夢》上賈寶玉他家麼？」寶玉歡喜道：「正是，正是！但是什麼《紅樓夢》，我可不懂。」那人便譏笑道：「你可是看小說看呆了！問他家做什麼？是要看賈寶玉呢？還是要看林黛玉？」寶玉直率地說出：「我便是賈寶玉。」那茶館裡的人看了看天，又揉揉眼睛，更不客氣地叫喊：「不好了！我今日不是見了鬼，便是遇了瘋子了！」

他召喚旁邊一個少年說：「我常說你們年輕人，不要只管看小說，果然有看小看出笑話來了。你看這個人，竟然自稱是賈寶玉來，口口聲聲，只問什麼榮國府，這不是看《紅樓夢》看瘋了麼？」這一高談闊論，引得旁邊吃茶的人一個個都圍攏過來，對著寶玉觀看。

接著作者以一段後設的筆法寫道賈寶玉當晚買了一套《紅樓夢》來，只見這書有一尺來高。他只先見了些人名，便暗暗稱奇。待逐回細看之後，心中又是驚疑，又是納悶。愈看愈是心神不定，直待全書看完，還在那裡呆著臉出神……。小說家刻意透過自我意識的覺醒，讓主人公賈寶玉以置身事外的角度來觀看著自己的故事連臺上演，藉以凸顯人生幻夢一場，以及文學虛構所予人的錯覺。這是一種準後設的寫作手法，其修辭較巧在於因自我觀看，進而諷刺小說與現實之間的關聯。實際上，小說讀著讀著，真有令人陷入瘋魔的可能。在茶館中人取笑賈寶玉之後，我們應當隨著吳沃堯的筆調，走進他科學狂的敘事情境，體會什麼叫「不瘋魔不成活兒」的文學夢與科學熱。

二、小說家也是科學狂！

其後，寶玉接受旁人建議坐輪船進京，因而參觀了當時的新式學堂。原來吳沃堯寫作這部小說，所用的筆名便是老少年。於是故事中也有一位老少年，約略又是作者將自己置身於故事中。他約了寶玉一同去看水師學堂。他們在垂楊官道上緩步行去。忽見頭上飛過一隻大鳥！寶玉驚訝地問道：「那裡來的一隻大鳥？」老少人笑道：「這是飛車。我們近年發明了飛車，所以官道上就不准行車了，這樣可以避免路上的交通事故。不僅保護了行人，而且自從路上不行車之後，一年之中省下來的修路費，倒是一筆巨款！」

賈寶玉對於飛車非常好奇：「這車能飛多高呢？」老少年道：「高低是隨意的。行遠的車，飛得高些，大約離地一百尺。若是市區往來的車，離地不過五十尺罷了。那遠行的車有執照，隨便那裡都可以橫空而過。至於市上行走的車，雖然飛起，不住的車影閃爍，卻是有害城裡人的眼睛呢。」

吳沃堯對於飛車作了如下的描述：

卻說那飛車本來取象于鳥，並不用車輪。起先是在兩旁裝成兩翼，車內安置機輪，用電氣轉動，兩翼便迎風而起，進退自如。後來因為兩翼展開，過于闊大，恐怕碰撞誤事，經科學名家改良了。免去兩翼，在車頂上裝了一個升降機，車後裝了一個進退機，車的四面都裝上機簧，縱然兩車相碰，也不過相擦而過，絕無碰撞之虞，人坐上面，十分穩當。（第二十五回）

賈寶玉看見飛車又驚又喜：「但不知可同火車一樣，也有個公司，有一定開行的時刻沒有？」老少年不耐煩地回答道：「這裡沒有這種野蠻辦法。人家出門是沒有一定時刻的，說聲走，就要走，如果飛車限定了時刻，人家不出門的時候他開了；或者人家忽然有事要出門，他卻還有半天才開！你想，這樣辦法，行人如何能方便？所以此地的飛車，隨時可以僱用，大小亦隨人揀用。」寶玉又問：「不知一天能走多少路？」老少年道：「快車一個時辰能走一千二百里。現在坐的是慢車，一個時辰走八百里。我們距離水師學堂有一百里，大約一刻時候可以到了。」

賈寶玉在飛車上隔著玻璃窗往外觀看，只見空中往來的車，大小不一，大有天空任鳥飛之概，不覺樂得手舞足蹈！可是老少年卻說：「關於飛車此刻還在研究改良精進中呢。我們今天參觀過水師學堂之後，明日到別處去遊歷，可以坐一輛獵車，順便在空中打獵頑耍。」寶玉沒想到飛車還可以進行空中打獵！

隨後賈寶玉和老少年在水師學堂門首下了車。只見學校峻宇雕牆，十分壯麗。他們走過學生舍，穿過膳堂，才到講堂。講堂外面便是操場。那操場竟是一望無垠的。今日的總教習是孫繩武。他對寶玉說道：「未正才上講堂。講堂裡設了來賓旁聽席，您可以屈尊去坐坐。」老少年卻說：「旁聽席離講席太近。我們這回倒要坐得遠點，最好遠到可以使用助聽筒。」於是賈寶玉的座位便從原來的旁聽席改為末班學生席。

原來此時講堂裡一般是五萬學生上課，因此有五萬把椅子，當寶玉走進講堂，果見闊大深邃，而且黑壓壓坐滿了一屋子人，卻是鴉雀無聲。寶玉先把助聽筒插在耳朵裡，繩武便開講起來。寶玉果然聽得孫繩武的聲音就像在耳邊說話一般，不覺十分詫異！這堂課孫繩武講水師攻守之法，使得寶玉不覺奮起精神來。下課之後，繩武又說：「此刻還要到海邊去操練，你們可以去看看。」寶玉喜道：「好極，難得碰了這個機會。但不知海邊離這裡有多少路？」繩武道：「不過五十里路，飛車一會就到了。」說罷只見無數飛車，排列在那裡，眾學生正紛紛上車呢。這個車比僱的不同，是敞篷的，四面都是欄杆，可容得二三十人。寶玉問：「這個，下雨天怎麼辦呢？」老少年道：「下雨自然可升起篷帳。」此時升降機如風一般轉動起來，無數的飛車一齊的騰空而起，一大隊飛車向東進發。

這些學生飛車，雖然飛在空中，卻也排了隊伍，十分整齊。寶玉走到欄杆邊，望底下一看，只見腳底的山川樹木，如流水一般的往後退，寶玉笑道：「那小說上說的騰雲駕霧，想來也不過如此。」學校介紹員卻說道：「可笑那歐美人，造了個氣球，又累贅又危險，還在那裡誇張得了不得！就連古代小說上說的騰雲駕霧，又怎麼比得上我們這個大眾交通飛車呢？」

寶玉下了飛車之後，親身經歷了水師學堂在海上的電光操演，體驗「透水鏡」的威力。他們前一天還在亞洲，第二天已置身在非洲，原來是乘上空中獵車，飛往中非洲去狩獵了。不久之後，賈寶玉又乘海底潛艇從大西洋到太平洋，繞行地球一周，一路飽覽了海底世界奇觀……

三、繞完地球，登月球

事實上，僅僅早吳沃堯撰寫《新石頭記》一年，也就是一九〇四年，當時已有徐念慈的《月球殖民地小說》問世。故事起源於一樁發生在清末的殺人命案。湖南人龍孟華因殺人報仇，便將身逃亡，途中與日本友人藤田玉太郎，搭乘空中軍艦繞行地球周邊冒險，最後甚至登上了月球以尋找妻兒。而龍孟華最常乘坐的便是《新石頭記》裡提到的「氣球」。只不過在這部書裡它算是最神奇的交通工具，一旦乘上氣球以後，可以在三四個鐘頭之內從美國紐約飛到英國倫敦。小說家指出：「走到氣球裡面，那機器的玲瓏，真正是從前所沒有見過的。除氣艙之外，那會客的有客廳，練身體的有體操場。其餘臥室及大餐間，沒有一件不齊備……」後來龍孟華與玉太郎發現月球人所駕駛的氣球，又更先進，不僅速度快，還可以脫離地心引力在宇宙空間航行。故事的結局，龍孟華舉家搬到月球去居住，而玉太郎則決定繼續留在地球上改良他的熱氣球。

科幻小說向來是驚人的預言體。自晚清以來，時光荏苒已過了一百多年，目前人類的空中交通網絡還未完全取代陸地上的系統，飛機的兩翼仍在，不預先訂票、不用排隊等候，隨時出門便可搭乘的機動式各類長短程交通工具，好像也只存在於一百年前的小說中。而五萬人聽講的普通教室也並不多見，海上電光操演的體育課程猶如夢境，更別說上一堂課還在城區的室內，下一堂課便來到邊界的海上，中間飛車路程僅五分鐘。至於晚清義士龍孟華帶著妻兒自由地移民月球，這對我們來說猶似海市蜃樓般的虛幻場景……只是中國人害怕苛政猛於虎而遷居月球，那日本人卻孜孜矻矻選擇留在地球上繼續他的研發工作，小說家其實多少也掌握了當年政治與科技的時代脈動，與不同國度的民族個性。

晚清文人其實有非常強悍的科技願景與文學創造力，觀察當時的連載小說，並考量其時上海地區、京津一帶通俗文學市場的大量需求，因此造成這類作品的相繼出爐，於此我們應當重新評估晚清的官心與民心，同時致力在未來的世界裡，讓文學思想與科技教育合流，在跨領域的整合知識系統中，共同開發並實踐生活中無限的創造性價值。

第十七回

生之念・死之慾

大觀園是青春塚

紫式部開啟了「夢魘」怨靈作祟的篇章，顯示古人相信魂靈可以游移出身體之外。又或許在男權主導的世界裡，女性只能以生魂怨靈來訴說在情感世界裡的苦楚。然而於《紅樓夢》中，受夢魘糾纏逼迫的卻是男兒身的賈寶玉，僅憑這一點差異，便很值得我們進而深思曹雪芹的性別認同與情感意識。

花謝花飛花滿天，紅消香斷有誰憐？
遊絲軟繫飄春榭，落絮輕沾撲繡簾。
閨中女兒惜春暮，愁緒滿懷無釋處。
手把花鋤出繡簾，忍踏落花來復去。
柳絲榆莢自芳菲，不管桃飄與李飛；
桃李明年能再發，明年閨中知有誰？
三月香巢已壘成，樑間燕子太無情！
明年花發雖可啄，卻不道人去樑空巢也傾。
一年三百六十日，風刀霜劍嚴相逼；
明媚鮮妍能幾時，一朝漂泊難尋覓。
花開易見落難尋，階前愁殺葬花人，

獨倚花鋤淚暗灑，灑上空枝見血痕。
杜鵑無語正黃昏，荷鋤歸去掩重門；
青燈照壁人初睡，冷雨敲窗被未溫。
怪奴底事倍傷神？半為憐春半惱春。
憐春忽至惱忽去，至又無言去未聞。
昨宵庭外悲歌發，知是花魂與鳥魂？
花魂鳥魂總難留，鳥自無言花自羞；
願儂此日生雙翼，隨花飛到天盡頭。
天盡頭，何處有香丘？
未若錦囊收豔骨，一抔淨土掩風流。
質本潔來還潔去，強於污淖陷渠溝。
爾今死去儂收葬，未卜儂身何日喪？
儂今葬花人笑癡，他年葬儂知是誰？

試看春殘花漸落，便是紅顏老死時；
一朝春盡紅顏老，花落人亡兩不知！

——《紅樓夢》第二十七回

這是一部寫在「土」裡的書，處處埋藏著對前塵往事的追念；這也是一部寫在「水」上的書，書裡盪漾著看不到邊際的性靈之美！

在大觀園裡，也並不是所有埋藏在土壤之下的事物，都與死亡有關；相反地，有些事物會因為埋藏於地下日久，而變得恆新、純淨與珍稀！中文裡的「藏」這個字，意味著經過時間的淬鍊，而愈發值得擁有。

一、寶玉埋花

賈寶玉生日那天，是《紅樓夢》裡，葬花美學發展到極致的時候！那時小螺、香菱、芳官、蕊官、藕官和荳官等四五個人，在滿園中玩了一回，大家採了些花草來兜著，坐在花草堆中玩一種自唐代以來，閨閣流傳已久的古老遊戲——鬥草。

女孩子們用大觀園裡的花草來作對句。這一個說：「我有觀音柳。」那一個說：「我有羅漢松。」那一個又說：「我有君子竹。」這一個又說：「我有美人蕉。」這個又說：「我有星星翠。」那個又說：「我有月月紅。」這個又說：「我有《牡丹亭》上的牡丹花。」那個又說：「我有《琵琶記》裡的枇杷果。」

接著，荳官說道：「我有姐妹花。」可是在場的眾人手上的花草都已用過了，都沒有新鮮題材了，只有香菱可以接續著說道：「我有夫妻蕙！」荳官便哈哈大笑：「從沒聽見有個夫妻蕙的！」香菱憨直地辯解道：「一箭一花為蘭，一箭數花為蕙。凡蕙有兩枝，上下結花者為兄弟蕙，有並頭結花者為夫妻蕙。我這枝並頭的，怎麼不是夫妻蕙？」

荳官沒得說了，便起身嘲笑香菱：「依妳說，若是這兩枝一大一小，就是老子兒子蕙了。若兩枝背面開的，就是仇人蕙了。你漢子去了大半年，你想夫妻了？便扯上蕙也有夫妻的，好不害羞！」香菱聽了，紅了臉，連忙要起身擰她：「我把你這個爛了嘴的小蹄子！滿嘴裡胡說。等我起來不打死妳這個小蹄子！」荳官見她要來擰，怎容得她起來！連忙起身先將她壓倒。兩個人登時滾在草地上。眾人都拍手笑說：「了不得了！那是一窪子水，可惜污了她的新裙子了。」荳官回頭一看，果見旁邊有一汪積雨，香菱的半條裙子已經污濕了，荳官覺得不好意思，忙奪了手跑了！

香菱起身低頭一瞧，那裙上猶滴滴點點流下綠水來。可巧寶玉見她們鬥草，也尋了些花草來湊戲，忽見眾人都跑了，只剩了香菱一個低頭弄裙，便

問道：「怎麼都散了？」香菱氣得說道：「我有一枝夫妻蕙，她們不知道，反說我胡謅，因此鬧起來，把我的新裙子也弄髒了！」寶玉笑道：「妳有夫妻蕙啊！那我這裡倒有一枝並蒂菱呢！」

賈寶玉不僅以並蒂菱對上了香菱的夫妻蕙，還讓香菱換上襲人的新裙子，幫她解圍。就在一陣鬧騰之後，寶玉將方才作為女性遊戲終結的夫妻蕙與並蒂菱一同埋葬了。他先拿一根樹枝兒摳了一個坑，抓些落花來鋪墊了，再將這菱、蕙安放好，又拿些落花來掩埋了，最後撮些土來撫平。

香菱拉著他的手，笑道：「瞧瞧，你這手弄得泥烏苔滑的，還不快洗去！」寶玉方起身，正要去洗手，香菱突然又轉身回來叫住寶玉。寶玉不知有何話，扎著兩隻泥手，笑咪咪地回過頭來問她：「妳說什麼？」香菱竟然紅了臉！只顧著笑，一句話也不說。我們應該將時間停格在這一刻……。因為這一幕，極富詩意！賈寶玉畢竟親手埋葬了象徵婚姻與愛情的夫妻蕙與並蒂菱，這樣宣示性的舉動，等於是預告了日後大觀園裡的眾女兒，沒有一個人能躲過婚姻的枷鎖，與愛情的悲劇！尤其是香菱，她的原名是甄英蓮，也就是《紅樓夢》裡第一個出現的薄命女子。她先前與馮淵的婚事在一夜之間化為烏有，此後長期受到薛蟠的忽視與冷落，最後又慘遭夏金桂的荼毒……作者在她的身上集中體現了婚姻與幸福的渺遠！而寶玉在自己生日這一天，當著香菱的面，親手埋葬了她的夫妻蕙與自己的並蒂菱，暗示其心中無限的疼惜與兩人終究無緣的結局。

二、寫在春天的盡頭

《紅樓夢》第六十二回著名的「湘雲眠芍」，寫在春天的盡頭，史湘雲沉眠於重重疊疊的芍藥花瓣之下，這是一幅唯美畫，更像一首抒情小詩。曹雪芹將一座青春花塚的意象，鋪陳在我們的面前！而湘雲手邊所掉落的扇子，在花園錦簇、蜂圍蝶繞之間，只露出一小半，卻盪漾著無以言喻的豐

美！猶如它的主人，有朝一日走到了春天的盡頭，青春的終點，也將為歲月的落英所掩埋。人們唯有在追憶之中，才能捕捉她們從前嬌娜不勝的容顏。

那日大觀園的女孩子們因賈母、王夫人不在家，沒了管束，於是任意取樂，滿廳中紅飛翠舞，玉動珠搖，一時間熱鬧非常！玩了一會兒之後，大家漸漸席散，卻忽然不見了史湘雲！姊妹們只當她在外頭自便，一會兒就進來的，誰知越等越沒了影兒！於是差人各處找去！

幸而後來有個小丫頭笑嘻嘻地走來，對大家說道：「姑娘們快來瞧啊！雲姑娘喝醉了，圖涼快，現在山子後頭的一塊青石板凳上睡著了！」眾人聽說，都笑道：「快別吵嚷！」說著，都走來看，果見湘雲臥於山石僻靜處的一個石凳子上，此時已經香夢沉酣，四面芍藥花飛撲了一身，滿頭滿臉滿衣襟，無處不是紅香散亂，手中的扇子也掉在地上，有一大半被落花埋了！落花之上還有一群群蜜蜂、蝴蝶鬧嚷嚷地圍繞著。湘雲是個愛玩愛笑的女孩子，即使睡著了，被群花掩埋了，也是這麼鬧嚷嚷的，絕不安靜！

在史湘雲被一陣紅香芍藥「掩埋」之前，《紅樓夢》的作者已兩度寫了寶玉和黛玉將落花掩埋的場景，第一次是在三月中浣，寶玉和黛玉在桃花樹下共讀《西廂》，正看到「落紅成陣」，只見一陣風過，把樹頭上的桃花吹下一大半來，落得他們滿身滿書滿地皆是。於是他二人便一同收拾了落花，將之掩埋妥當。至第二十七回作者又寫道林黛玉因夜間失寢，次日起來遲了，聽說眾姐妹都在園中做「餞花會」，她便獨自到素日葬花之處，心裡還為昨夜晴雯不肯開門一事，對寶玉惱怒，如今看見滿園落花，又勾起了傷心的愁思，因而吟詠道：「儂今葬花人笑痴，他年葬儂知是誰？」「一朝春盡紅顏老，花落人亡兩不知」等句，直覺想到了自己的死亡與葬禮。

芒種節這天在古風俗中，意味著夏日到了，眾花皆謝，花神退位，因此

閨閣中人都為春天餞行。我們看大觀園中的女兒們這天一早起來了紛紛用花瓣柳枝編成轎馬，又用續錦紗羅疊成千旄旌幢，然後將這些手工做成的「交通工具模型」用彩線繫在每一棵樹梢上，此時滿園裡繡帶飄搖，花枝招展，女孩們為了參與這場「告別春天」的儀式，人人都穿著盛大美麗的服飾出席，書中描寫她們打扮得桃羞杏讓，燕妒鶯慚，一時也道不盡……

不久之後，黛玉讓雪雁準備了一些菱藕瓜果，又叫紫鵑將屋裡的小琴桌搬出來，放在外間，再取一只龍文鼎來與瓜果一同擺放在桌上。寶玉疑惑地猜想道：是不是姑爺姑媽的忌辰到了？可是記得這日期已經過了，因為每年老太太都會吩咐另外準備肴饌給林妹妹做私祭的。那或許是七月瓜果節，家家都上秋季的墳，林妹妹有感於自己孤零零一人在外，心裡想念父母，因此在私室奠祭，也是取《禮記》「春秋薦其時食」的意思。他在探望過王熙鳳之後，便來到瀟湘館，一進院門，只見爐嫋殘煙，和奠餘玉醴。而紫鵑正看著人搬走陳設，並將桌子抬回屋裡。寶玉心知奠祭已經結束。當他走入屋內，只見黛玉面向裡斜靠著，病體懨懨，大有不勝之態。

大觀園眾女子設餞花會告別花神時，史湘雲為重重落花馨瓣所掩埋；林黛玉在春日融融之際，兩度埋葬落花，又於瓜果節為父母私室祭奠；賈寶玉在王熙鳳生日這天，私下到井邊哀悼金釧，又在自己生日的時候，親手將女孩兒們鬥草玩剩的夫妻蕙與並蒂菱，以土掩埋了……

生生死死，隨土而化，《紅樓夢》竟像是一場巨大的葬禮，隨處潛藏著「青春花塚」的意象，與揮別人間的送行儀式，那麼讀者是否也在閱讀之間，逐步完成了面對自我青春的哀悼與告別？

三、埋琴稚子挑

《紅樓夢》作者為天下薄命女子同聲一哭！這是曹雪芹十年辛苦寫作最集中表現的題旨。他運用了諧音與讖筆劃開一段段富含詩意的閱讀情境，同時也展現出他對於文字以及語音的特殊敏銳度與豐富的創造力。

《紅樓夢》以不同的筆法，牽引賈、史、王、薛四大家族步向衰亡之道。《護官符》裡，豐年好大「雪」的「薛」家，在大雪意象中，即使現下過著「珍珠如土，金如鐵」的生活，在整部書的字裡行間，也時時令人感歎將來不免有繁華落盡的一日，那即景凋年的淒清與孤寒，或者就近在眼前了。

薛家的女主角薛寶釵獨自唱著「金簪雪裡埋」的生命悲歌，那麼另一位絕代風華的薛家女兒薛寶琴，同樣與「雪」諧音，她為冰雪所困的生命情境，又是如何表現的呢？

《紅樓夢》第五十回作者寫眾人在盧雪庵，面對紛飛的大雪，作詩聯句。一字不識的王熙鳳想了半日，突然笑道：「你們別笑話我。我只有一句粗話，剩下的我就不知道了。」眾人都笑道：「越是粗話越好。妳說了，只管做正事去吧！」鳳姐兒笑說：「我想，下雪必刮北風。昨夜聽見一夜的北風，我有了一句，就是『一夜北風緊』，可使得？」眾人聽了，都相視而笑：「這句雖粗，不見底下的，這正是會作詩的起法。不但好，而且留了多少地步與後人。就是這句為首……」於是李紈便寫下「一夜北風緊」，接著自己聯道「開門雪尚飄。入泥憐潔白」，香菱接續道「匝地惜瓊瑤……」，輪到薛寶琴時，她笑著說道「埋琴稚子挑」！

此處運用了漢代桓譚在《新論・琴道》中的典故。話說雍門周帶了一床琴去見孟嘗君，孟嘗君問道：「先生能彈琴彈到令我悲傷痛哭嗎？」雍門周說：「您現在十分得意！我的琴音還不能使您悲從中來。然而，天道不常盛。試想百年之後，此處的高臺池曲都將傾廢，您的墳墓上遍生荊棘，狐狸兔子著穴於底下，而牧童稚子在上頭跑跑跳跳，天真地唱歌！

知道的人會說：『真令人感嘆啊！以孟嘗君之尊貴，最後仍是落得一樣的結局！』。」孟嘗君此時已經聽得淚水盈睫，雍門周於是揮手操琴，而孟嘗君終於悲嘆泣下……

曹雪芹為薛家第二位小姐取名為「寶琴」，讓她在數九寒天裡披上一件人人驚豔的鳧靨裘，立在艷異的白雪與紅梅之間，成為一幅活生生的仇十洲《艷雪圖》，足見她本身就是一件尊貴的藝術品。只可惜，潑天的富貴，到頭來仍為大雪所掩埋！薛小妹心無所住，一句天真的吟詠「埋琴稚子挑」，卻成了家族與個人不幸的伏筆與讖語！大雪掩埋了富貴的寶琴，只因「天道不常盛，富貴不常在」！

四、怕糞草埋了她不成？

《紅樓夢》第五十九回，作者透過小丫頭春燕，道出寶玉說過的話：「女孩兒未出嫁是顆無價寶珠，出了嫁不知怎麼，就變出許多不好的毛病兒來，雖是顆珠子，卻沒有光彩寶色，是顆死的了。再老了，更不是顆珠子，竟是魚眼睛了。分明一個人，怎麼變出三樣來！」而正是這些視錢如命、刻薄尖酸、打罵成性的老婆子，作賤得佳人落魄、花柳無顏！這無疑也是一種青春的葬送，麝月往往保護著這些小丫頭們，因而把話說得狠了！乾脆用一句「怕糞草埋了她不成？」來表達對小丫頭的心疼。

事件起源於第五十八回，芳官跟了乾娘去洗頭。她乾娘偏又先叫了她親女兒洗過了，剩下的水才叫芳官洗。芳官說她偏心：「把妳女兒剩水給我洗。我一個月的月錢都是妳拿著，沾我的光不算，反倒給我剩東剩西的！」乾娘惱羞成怒！罵道：「不識抬舉的東西！怪不得人人都說戲子沒一個好纏的。憑妳甚麼好人，入了這一行，都弄壞了。挑幺挑六，咬群的騾子似的！」

兩人愈吵，鬧得愈大！襲人忙打發人去說：「少亂嚷！瞅著老太太不在家，一個個連句安靜話也不說。」晴雯也罵道：「都是芳官不省事，不知狂的什麼！也不過是會兩齣戲，倒像殺了賊王、擒了反叛來的！」襲人道：「『一個巴掌拍不響』，老的也太不公些，小的也太可惡些！」只有寶玉偏袒芳官：「怨不得芳官。自古說：『物不平則鳴』。她少親失眷的，在這裡沒人照看，賺了她的錢，又作賤她，如何怪得？」因又向襲人道：「她一月多少錢？以後不如你收了過來照管她，豈不省事？」襲人道：「我要照看她哪裡照看不了，又要她那幾個錢才照看她？沒的討人罵去！」說著，便起身至那屋裡，取了一瓶花露油，並香皂、髮帶等，叫一個婆子來送給芳官去，叫她另舀水自洗，不要吵鬧了。

這時乾娘益發羞愧，還在罵人：「沒良心的！花掰我苛扣妳的錢！」說著還向她身上拍了幾下，芳官便哭起來了！寶玉即刻便要走出來管，襲人忙勸道：「作什麼？我去說她！」晴雯倒先過來了，指乾娘說道：「你老人家太不省事！妳不給她洗頭的東西，我們給了她，你不自臊，還有臉打她！她要還在學裡學藝，妳也敢打她？」那婆子便說：「『一日叫娘，終身是母。』她排場我，我就打得！」

襲人便喚麝月：「我不會和人拌嘴，晴雯性太急，妳快過去震嚇她兩句！」麝月聽了，忙過來說道：「妳且別嚷。我且問妳，別說我們這一處，妳看滿園子裡，誰在主子屋裡教導過女兒的？便是你的親女兒，既分了房，有了主子，自有主子打得罵得；再者，大些的姑娘姐姐們也可以管教她們，誰許你老子娘又半中間管閑事了？都這樣管，又要叫她們跟著我們學什麼？越老越沒了規矩！妳見前兒墜兒的娘來吵，妳也來跟她學？妳們放心，因連日這個病那個病的，老太太又不得閑心，所以我沒回。等兩日閑了，咱們痛回一回，大家把威風煞一煞兒才好！寶玉才好了些，連我們也不敢大聲說話，你反打得人狼號鬼叫的。上頭能出了幾日門，你們就無法無天的，眼睛裡沒了我們，再兩天妳們就該打我們了！她不要妳這乾娘，怕糞草埋了她不成？」

寶玉恨得用拄杖敲著門檻子說道：「這些老婆子都是些鐵心石頭腸子，也是件大奇的事。不能照看，反倒挫折，天長地久，如何是好！」晴雯道：「什麼『如何是好』，都攆了出去，不要這些中看不中吃的！」那婆子羞愧難當，一言不發。那芳官只穿著海棠紅的小棉襖，底下綠綢撒花夾褲，敞著褲腳，一頭烏油似的頭髮披在腦後，哭得淚人一般。麝月笑道：「把個鶯鶯小姐，反弄成才拷打的紅娘了！這會子又不妝扮了，還是這麼鬆怠怠的。」

寶玉道：「她這本來面目極好，倒別弄緊襯了。」晴雯過去拉了她，替她洗淨了髮，用手巾擰乾，鬆鬆的挽了一個慵妝髻，命她穿了衣服，過這邊來了。

接著，司內廚的婆子來問：「晚飯有了，可送不送？」小丫頭聽了，進來問襲人。襲人笑道：「方才胡吵了一陣，也沒留心聽鐘敲了幾下？」晴雯道：「那勞什子又不知怎麼了，又得去收拾！」說著，便拿過錶來瞧了一瞧，說：「再略等半鐘茶的工夫就是了。」小丫頭去了。麝月笑道：「提起淘氣，芳官也該打幾下。昨兒是她擺弄了那墜子半日，就壞了。」說話之間，便將食具打點現成。一時小丫頭子捧了盒子進來站住。晴雯、麝月揭開看時，還是這四樣小菜。晴雯笑道：「已經好了，還不給兩樣清淡菜吃！這稀飯鹹菜鬧到多早晚？」一面擺好，一面又看那盒中，卻有一碗火腿鮮筍湯，忙端了放在寶玉跟前。寶玉便就桌上喝了一口，說：「好燙！」襲人笑道：「菩薩！能幾日不見葷，饞得這樣起來！」一面說，一面忙端起，輕輕用口吹。因見芳官在側，便遞與芳官，笑道：「妳也學著些服侍，別一味呆憨呆睡。口勁輕著些，別吹上唾沫星兒。」芳官依言果吹了幾口，甚妥。

芳官倒是乖了，收了眼淚，正替寶玉吹湯。可是小春燕卻又被她母親和姑母打罵得一把鼻涕，一把眼淚的，只為了寶釵的丫環鶯兒摘了些柳條編花籃，春燕便挨了打罵！她一把抱住襲人說：「姑娘救我，我媽又打我呢！」襲人見他媽來了，不免生氣，便說道：「三日兩頭兒，打了乾的打親的，還是賣弄你女孩兒多？還是認真不知王法？」

這婆子來了幾日，見襲人不言不語，是好性兒的，便說：「姑娘，你不知道，別管我們的閑事，都是妳們縱的，還管什麼？」說著，便又趕著打。襲人氣得轉身進來，見麝月在海棠花下晾手帕，一面使眼色給春燕。春燕會意，直奔了寶玉去。麝月向那婆子道：「你再略煞一煞氣兒，難道這些人的臉面，和妳討一個情還討不出來不成？」那婆子見她女兒奔到寶玉身邊去，又見寶玉拉了春燕的手，說：「妳別怕，有我呢！」

寶玉這一攔，自然又解救了一位少女。只是這些女孩子們在一大群嬤嬤、姑奶奶和乾娘的淫威下度日，也真有如一堆糞草掩埋了爛漫俏麗的遍野鮮花！

五、如此純淨，如此空靈——妙玉埋水

這是一部寫在「土」裡的書，處處埋藏著對前塵往事的追念；這也是一部寫在「水」上的書，書裡盪漾著看不到邊際的性靈之美！

在大觀園裡，也並不是所有埋藏在土壤之下的事物，都與死亡有關；相反地，有些事物會因為埋藏於地下日久，而變得恆新、純淨與珍稀！中文裡的「藏」這個字，意味著經過時間的淬鍊，而愈發值得擁有。

《紅樓夢》第四十一回，那妙玉寶釵和黛玉的衣襟一拉，二人隨她出去，寶玉悄悄地也隨後跟了來。只見妙玉讓她二人在耳房內，寶釵坐在榻上，黛玉便坐在妙玉的蒲團上。妙玉自去風爐邊扇滾了水，另泡了一壺茶來。

這是想招待兩位高雅仕女喝體己茶的意思，那寶玉走了進來，隨即笑道：「偏妳們吃體己茶！」釵、黛二人都笑道：「你又趕了來騙茶吃！這裡並沒有你的。」妙玉剛要去取杯，只見道婆收了上面的茶盞進來。妙玉忙命：「將那成窯的茶杯拿出去，擱在外頭。」寶玉知道那是因為劉姥姥吃過了，她嫌髒，所以不要了。

接著又見妙玉另拿出兩只杯子來。一個旁邊有一耳，杯上鐫著「（分瓜）瓟斝」三個隸字，後有一行小真字是「晉王愷珍玩」，又有「宋元豐五年四月眉山蘇軾見于秘府」一行小字。妙玉便斟了一斝遞與寶釵。另一只形似缽而小，也有三個垂珠篆字，鐫著「杏犀䀉」。妙玉斟了一䀉與黛玉。仍將前番自己日常吃茶的那只綠玉斗來斟與寶玉。

寶玉笑道：「常言『世法平等』，她兩個就用那樣古玩奇珍，我就是個俗器了。」妙玉道：「這是俗器？不是我說狂話，只怕你家裡未必找的出這麼一個俗器來呢！」寶玉笑道：「俗說『隨鄉入鄉』，到了妳這裡，自然把那金玉珠寶一概貶為俗器了。」妙玉聽如此說，十分歡喜，遂又尋出一只九曲十環一百二十節蟠虯整雕竹根的一個大盒出來，笑道：「就剩了這一個，你可吃的了這一海？」寶玉喜得忙道：「吃得了。」妙玉笑道：「你雖吃得了，也沒這些茶讓你糟踏。豈不聞『一杯為品，二杯即是解渴的蠢物，三杯便是飲牛飲驢了』。你吃這一海便成什麼？」說得寶釵、黛玉、寶玉都笑了。

於是妙玉執壺，只向海內斟了約有一杯。寶玉細細吃了，果覺輕淳無

比，賞贊不絕！妙玉正色道：「你這遭吃的茶是托她兩個福，獨你來了我是不給你吃的。」寶玉笑道：「我深知道的，我也不領妳的情，只謝她二人便是了。」妙玉聽了方說：「這話明白。」

黛玉因聽說老太太和劉姥姥在外頭喝的茶，用的是舊年的雨水，因而問道：「這也是舊年的雨水？」妙玉冷笑道：「妳這麼個人，竟是大俗人！連水也嘗不出來。這是五年前我在玄墓蟠香寺住著，收的梅花上的雪，共得了那一鬼臉青的花甕一甕，總捨不得吃，埋在地下，今年夏天才開了。我只吃過一回，這是第二回了。妳怎麼嘗不出來？隔年蠲的雨水那有這樣輕淳？如何吃得！」

妙玉這杯茶，專為極端風雅之士設席，平日裡連自己都很捨不得享用。這是五年前梅花上的雪，以花甕收取，梅雪之量很少，只存到一甕，埋在地下五年之久，入夏之際，首度開啟取用，為的就是品嚐那份將所有的雜質徹底沉澱之後的清新與淳美！想來飲者唯有靜下心來品嚐，才能有所領會。

最難得的是，寶玉細細地嚐了，而且真實地體會到妙玉的心。

六、埋在梨花樹下的丸藥

薛寶釵舊疾復發的日子，因為咳嗽又喘氣，因而總不出門。管家周瑞家的便輕輕掀簾子進去，只見王夫人和薛姨媽還在長篇大套地說些家務人情之事。周瑞家的遂進裡間來，只見薛寶釵穿著家常衣服，頭上只散挽著髮髻，坐在炕裡邊，伏在小炕兒上同丫鬟鶯兒正在描花樣子呢。

> 寶釵見她進來，便放下筆，轉過身來，滿面堆笑讓座：「周姐姐坐。」

周瑞家的也忙陪笑問：「姑娘好！」一面炕沿上坐了，因說：「這有兩三天也沒見姑娘到那邊逛逛去，只怕是寶兄弟沖撞了妳不成？」寶釵笑道：「那裡的話！只因我的病又發了兩天，所以靜養著不出門。」周瑞家的道：「姑娘到底有什麼病根兒，也該趁早兒請了大夫來，好生開個方子，認真吃幾劑藥，一勢兒除了根才好。小小的年紀倒作下個病根也不是玩的。」

寶釵聽說，便笑道：「再不要提吃藥。為這病請大夫、吃藥，也不知白花了多少銀子錢呢！憑你什麼名醫仙藥，從不見一點兒效。後來還虧了一個禿頭和尚，說專治無名之症，因請他看了。他說我這是從胎裡帶來的一股熱毒，幸而我先天壯，還不相干；若吃尋常藥，是不中用的。他就說了一個海上方，又給了一包末藥作引，異香異氣的，不知是那裡弄了來的。他說發了時吃一丸就好。倒也奇怪，這倒效驗些。」

周瑞家的因問道：「不知是個什麼海上方兒？姑娘說了，我們也記著，說與人知道，倘遇見這樣的病，也是行好的事。」寶釵見問，乃笑道：「不用這方兒還好，若用起這方兒，真真把人瑣碎死了！東西藥料一概都有，現易得的，只難得『可巧』二字。要春天開的白牡丹花蕊十二兩，夏天開的白荷花蕊十二兩，秋天的白芙蓉花蕊十二兩，冬天開的白梅花蕊十二兩。將這四樣花蕊，於次年春分這日晒乾，和在末藥一處，一齊研好。又要雨水這日的雨水十二錢……」周瑞家的忙道：「噯喲！這樣說來，這就得一二年的工夫。倘或這年雨水這日竟不下雨，又怎麼處呢？」寶釵說：「所以了，那裡有這樣可巧的雨，便沒雨也只好再等罷了。白露這日的露水十二錢，霜降這日的霜十二錢，小雪這日的雪十二錢。把這四樣水調勻，和了藥，再加蜂蜜十二錢，白糖十二錢，丸了龍眼大的丸子，盛在舊磁罐內，埋在花根底下。若發了病時，拿出來吃一丸，用十二分黃柏煎湯送下。」

周瑞家的聽了笑道：「阿彌陀佛，真坑死了人！等十年未必都這樣巧呢！」寶釵道：「竟好，自他說了去後，一二年間可巧都得了，好容易配成一料。如今從南帶至北，現在就埋在梨花樹下。」周瑞家的又問道：「這藥可有名字沒有呢？」寶釵道：「有。這也是那癩頭和尚說下的，叫作『冷香丸』。」周瑞家的聽了點頭兒，因又說：「這病發了時到底覺怎樣？」寶釵道：「也不覺甚什麼，只不過喘嗽些，吃一丸也就罷了。」

埋在梨花樹根底下的一味藥，本身也是用四季中最潔白的花蕊揉製而成的，可巧的是，需要各節氣中的雨、露、霜、雪，與花蕊調勻，這「水」與「花」最後還是得埋於地下，倍加珍視與收藏。這一回雖然出現得早，卻難道不是「黛玉葬花」與「妙玉蠲水」的絕妙相成？

第十八回

知情更淫

那些為夢魔所魘的人啊！

《源氏物語》與《紅樓夢》兩部貴族文學呈現著許許多多表面上的相似處，例如：細膩鋪寫貴族華麗的生活場景，以及多元發展男女戀情等等。然而更重要的是，兩部著作的內在肌理往往有其貫連之處。因為兩部書的作者都曾經細心體會與著力刻畫即將步入青春期的男孩，內心悸動的初始。因為他們都曾感受到那樣美好又稍縱即逝的感情關卡，因而極其珍貴地留下了一段「昨日當我年輕時」內心曾經反覆踮奏的單戀主題。

一語未了，只聽外面一陣腳步響，丫鬟進來笑道：「寶玉來了！」黛玉心中正疑惑著：「這個寶玉，不知是怎生個憊懶人物，懵懂頑童？倒不見那蠢物也罷了。」心中想著，忽見丫鬟話未報完，已進來了一位年輕的公子，頭上戴著束髮嵌寶紫金冠，齊眉勒著二龍搶珠金抹額，穿一件二色金百蝶穿花大紅箭袖，束著五彩絲攢花結長穗宮條，外罩石青起花八團倭緞排穗褂；登著青緞粉底小朝靴。面若中秋之月，色如春曉之花，鬢若刀裁，眉如墨畫，面如桃瓣，目若秋波。雖怒時而若笑，即瞋視而有情。項上金螭瓔珞，又有一根五色絲絛，繫著一塊美玉。

黛玉一見，便吃一大驚，心下想道：「好生奇怪，倒像在哪裏見過一般，何等眼熟到如此！」只見這寶玉向賈母請了安，賈母便命：「去見你娘來。」寶玉即轉身去了。一時回來，再看，已換了冠帶：頭上周圍一轉的短髮都結成小辮，紅絲結束共攢至頂中胎髮，總編一根大辮，黑亮如漆，從頂至梢，一串四顆大珠，用金八寶墜角；身上穿著銀紅撒花半舊大襖，仍舊帶著項圈、寶玉、寄名鎖、護身符等物；下面半露松花撒花綾褲腿，錦邊彈墨襪，厚底大紅鞋。越顯得面如敷粉，唇若施脂；轉盼多情，語言常笑。天然一段風騷，全在眉梢；平生萬種情思，悉堆眼角。看其外貌最是極好，卻難知其底細。後人有《西江月》二詞，批寶玉極恰，其詞曰：

無故尋愁覓恨，有時似傻如狂。縱然生得好皮囊，腹內原來草莽。潦倒不通世務，愚頑怕讀文章。行為偏僻性乖張，哪管世人誹謗！

富貴不知樂業，貧窮難耐淒涼。可憐辜負好韶光，於國於家無望。天下無能第一，古今不肖無雙。寄言紈褲與膏粱，莫效此兒形狀！

——《紅樓夢》第三回

一、發憤以抒情—紫式部與曹雪芹

舉世聞名的日本平安朝經典文學《源氏物語》，素來有日本的《紅樓夢》之稱。其作者卻是一位女性。而後世稱其為紫式部，也並不是她真正的姓名。這是因為古代日本女子的地位卑屈，是故往往沒有將其名姓流傳下來。因此她也像《紅樓夢》的作者曹雪芹一樣，需要專家學者深入挖掘史料與考證，才能讓她的生平事蹟逐漸浮出歷史的地表。

其實紫式部原本的姓氏是藤原，而她的父親藤原為時曾任式部大丞，又因為《源氏物語》中的女主角紫姬的形象突出，留給讀者很難抹滅的印象，因此世人稱《源氏物語》為「紫物語」，遂將作者稱為「紫式部」。

紫式部出身於貴族，自幼通曉漢文，又因廣泛涉獵中國古典文學詩歌典籍，因此學問甚好！同時博聞強記。她的婚姻乃託付給於大她二十多歲的藤原宣孝身上，而她雖然作為宣孝第四任的妻子，宣孝對於紫式部的才華卻是非常賞識。然而這段婚姻仍是不幸的。因為才結婚兩年，宣孝就病逝了。紫式部從此帶著年幼的女兒大貳三位過著寡居的生活。

寬弘二年紫式部受召入宮擔任一條天皇皇后的貼身女官，並負責為皇后彰子講解《日本書紀》，以及白居易的詩作。當時她的官名並非紫式部，而是藤式部。雖然深受天皇器重，然而八年後她還是離開了宮廷。日後也因為有了這段宮廷生活的經歷，她將皇家生活的內幕寫成了《源氏物語》。

我們回頭再對照《紅樓夢》作者曹雪芹的家族背景與生命史，其曾祖父曹璽曾任內廷二等侍衛，而且他的曾祖母孫氏乃是康熙帝的乳母，因此曹家三代受到康熙的寵信。康熙二年曹璽被任命為江寧織造，此後其家族便主管著皇室絲綢用品，而更重要的任務其實是監視江南各級官吏，並隨時對康熙傳送密折。康熙亦曾欽賜蟒袍，並手題「敬慎」匾額賜給曹璽。

曹璽過世後，其子曹寅也歷任蘇州織造、江寧織造與兩淮巡鹽御史。曹寅的文化及文學素養極為高明。他是當時著名的藏書家、刻書家、美食家與書法家，同時擅長詩詞及崑曲。康熙在位期間六度南巡，其中四次由曹寅接駕，而且曹寅的兩個女兒都是王妃。這也就是曹雪芹日後寫作《紅樓夢》，尤其是元妃省親段落的重要家族背景。可嘆的是，曹寅晚年負債虧空數萬兩白銀，因而引發日後抄家的惡果。

紫式部與曹雪芹同樣經歷過富貴榮耀的生活，又深情體驗到人生的辛酸與坎坷，父輩仕途上的磨難，以及他們的婚姻所帶來的痛苦，促使他們對人生有太多感悟。於是執筆寫下自己的生命血淚史。古代文人在生平不幸的遭遇底下「發憤以抒情」，因此往往留下了最真摯深刻的文學作品，引發後人無限喟嘆。

二、翩翩美少年——光華公子與怡紅公子的人生起點

歷來喜好古典文學的讀者，大約都可以感受到日本平安朝的《源氏物

語》是一部很像《紅樓夢》的鉅著。甚至有人指出，《源氏物語》就是日本的《紅樓夢》。如今在我面前的這兩部文學經典，確實是東方世界最典麗深遂的雙璧，它們猶如一組相對應的萬花筒，互相映襯對比出各自的民族思維特色與不同性別的作家所關懷的生命課題。倘若我們一生只讀其中一部，那是很可惜的事，因為我們將無法透過民族與文化差異，來具體了解經典深層的理路。

對照兩部著作的起點，可以從最顯著的焦點，亦即人物的形象與思想進入。《源氏物語》裡的男主人公光華公子（光源氏）自幼形象俊美，已到了驚世的地步！同時，他聰明善悟的天性，又是人間少有。書上說：「這個孩子姿容秀麗可人，即使面惡之人，或心中懷有仇恨的人，見了他也會自然轉為喜氣。」宮中女御以下諸人面對這樣年紀雖小，卻早已顯露出迷人的風雅韻致，和令人憐惜的羞媚儀態的小皇子，無不願意與他親近。我們從這裡再回顧《紅樓夢》作者描寫賈寶玉的情態之美：「面如敷粉，唇若施脂，轉盼多情，語言常笑。天然一段風騷，全在眉梢；平生萬種情思，悉堆眼角。」則怡紅公子與光華公子之容貌輝麗悅人，可以說不分軒輊。然而天皇對光源氏的憐愛方式，卻不是中國古代任何一位帝王所能想像的。

當時有一位朝鮮國的始者來見天皇，這個使節團中有一位高明的術士擅長看相。天皇便將美麗的小皇子打扮成大臣的兒子，讓大臣帶他到專門接待外國使臣的鴻臚館來訪問術士。那術士看了小皇子的容貌，驚詫不已！於是又從頭細細地為他看相，沉吟半晌，然後徐徐說道：「公子有君王之相，當登至尊地位。然而如果真讓他登大位，又恐怕國家有亂，對他個人也會有傷害。但是若作為輔作之臣，卻又與他的命格相去甚遠！」這番看相之後的言論，引起了太子黨右大臣等人的惶恐！他們害怕天皇改立小皇子為太子。

然而天皇是何等的智慧！在術士來到日本之前。他心中其實已有主意，於是既不改立小皇子為太子，也不封他為親王，而是將他貶降為臣籍，賜給一個民間百姓之一的姓氏——光源氏。這樣的作法，是將故事裡男主人公一生的命運定調，既降為臣民則不受皇室大位爭奪的干擾，可免於骨肉相殘、奪嫡政爭。於是作為臣民的光源氏便可以一生富貴，吟風詠月，而寄情於詩文、音樂、園林與愛情了。比起《紅樓夢》成書歷程中，幾番思量終將賈寶玉留在大觀園裡，以坐享風月情濃，則源氏公子這位富貴閒人充滿詩畫意境的生活，似乎得來全不費工夫！不僅如此，賜姓後的源氏公子與皇上接觸得更親近、更緊密，這時也就沒人說閒話了，就連天皇左右的嬪妃們也不與源氏避忌。而這部大書，便從源氏公子十二歲行冠禮時說起。天皇傾盡全力親自操辦，儀式餐飲達到盡善盡美，務使典禮隆重盛大，更勝於當年的皇太子！紫氏部描寫當時的景象：「源氏公子上殿，其髮型梳成總角，分披兩邊，而將兩鬢綰於耳旁，非常可愛！如今卻要改為成人裝束，真教人感到於心不忍！那執行剪髮儀式的大藏卿凝視著源氏公子的青絲秀髮，也久久不忍下手，此時坐在上位的天皇，想起了源氏的生母桐壺更衣，對他的思念更深！心想：『若此時更衣還在世，見到兒子的冠禮，會作何想法？』想著想著，不禁酸酸楚楚落下淚來。」此時男主角一生命運敘事起始的年齡，又正好對應上《紅樓夢》中賈寶玉初見林黛玉的年紀。只是曹雪芹著重描繪的卻是寶玉年當年的抓週禮，並此以來預告他將來的性格與自己選擇的人生道路。

而賈寶玉、林黛玉原先都與賈母同住，直到省親別墅大觀園完成它的重大任務之後，寶、黛才搬入這座專為青春兒女設計的人間幻境。至於源氏公子在加冠之後，則先住在母親桐壺更衣住過的桐壺院，那時，母親的眾侍女都還未遣散，因此她們轉而侍候源氏公子。另一方面，源氏既已降為臣民，那麼內匠寮也展開了土木工程，預計將源氏外祖母家所在的二条院進行大幅度的翻修，不僅要擴充池苑，同時增置林木假山，使其景色更為幽雅別致，好將來作為源氏公子一生幸幅悠遊的私家府邸。這裡將來會有春、夏、秋、冬四處殿宇，讓主人公好好享受歲歲年年的生活之美！而源氏公子面對著即將完工的二条院，內心所想的便是：「若能與心愛的人兒居與此地，也不枉一生了。」此情此景，與人物內心的想法，和賈寶玉眼看著大觀園落成，為其題詠，又與黛玉商議居處的布置……等等，亦堪稱若合符節了。

三、前青春期的秘密單戀——秦可卿與藤壺女御

在《源氏物語》開頭第一回，光源氏的母親桐壺更衣過世之後，天皇極度傷心！雖然有時也宣召名媛佳人陪侍，可是終究敵不過內心對桐壺深切的思念。在他的眼中，桐壺的美好是世間罕有的，幾乎再沒有一個女人可以與之相比。

可是就在他萬念俱灰的時候，忽然看見一位容貌與桐壺非常相像的皇族女子。這一喜，非同小可！於是立即召喚她入宮。這名女子就是後來的藤壺女御。她不僅姿容秀麗、氣質高雅不凡，而且出身比已逝的桐壺更為高貴。因此很快地得到天皇的寵愛。

與此同時，年幼喪母的源氏公子，因自幼不曾記得母親容顏，於是也對藤壺興起了莫名的好奇與好感。他聽侍女說，藤壺酷肖他的母親，於是藉由出入宮中的機會，頻頻窺探其容色。而一旦與之相見相識，立即心生愛慕之情！這一段癡癡戀戀，在小說中延續了好長的時間，直到他們倆人都步入哀樂中年。至於初戀時期，光源氏這位年幼多情的公子此時已經因為容貌光彩悅人，而被宮中女侍暱稱為「光華公子」，日文寫為「光君」。他當時雖然年僅十二歲，然而其容貌卻更勝於藤壺！在他幼小的心情故事裡，開始埋藏著一段秘密的愛戀。這份愛，出自於戀母心情的移轉，同時也揉合了前青春期的少男對美麗成熟女性懵懂的情愫。

這樣的感情世界，頗似《紅樓夢》中賈寶玉對秦可卿的戀慕。可卿，其實是這女子的小名，在現實生活裡，很少人知道她的小名，而且知道的應該都是極為親密之人。然而寶玉卻在夢中喊出了她的小名！那潛意識的呼喊，已經透露了寶玉前青春期內心萌動的欲望。若論起曹雪芹對她的命名，也很值得推敲，「卿」字在古代的用法之一，正是丈夫對妻子的愛稱。而「可」字如果加上一個「人」，那也是意中人、愛人的意思。不過秦氏正式的身分乃是蓉大奶奶，她是寧國府的長媳，因此在整部《紅樓夢》裡，人人都尊稱秦氏一聲蓉大奶奶，曾經喊她「可卿」的，唯有寶玉一人！則可卿無疑是寶玉的夢中情人了。

秦可卿，又有一個乳名，喚作兼美，「其鮮艷嫵媚，有似乎寶釵，風流裊娜，則又如黛玉。」這名集寶釵、黛玉之美於一身的女子，她的年齡應比寶玉大，況且又是別人的妻子，然而在現實與夢境裡，寶玉始終秘密地戀著她。這份愛戀，表現在《紅樓夢》裡，雖然僅是一段曚矓恍惚的初醒意識，卻正是賈寶玉著名「意淫」觀念的最佳詮釋。寶玉在人與人之間，首先重視的是心靈相通，那樣的情感一旦啟動，是可以直達到死生相依的地步，而不是動不動就將皮膚爛淫放在無時或忘的地位。於是脂硯齋批語曾解釋這樣懵懂意識與朦朧情懷：「按寶玉一生心性，只不過是體貼二字，故曰意淫。」

《源氏物語》與《紅樓夢》儘管有著許許多多表面上的相似處，例如：細膩鋪寫貴族華麗的生活場景，以及多元發展男女戀情等等。然而更重要的是，兩部著作的內在肌理往往有其貫連之處。因為兩部書的作者都曾經細心體會與著力刻畫即將步入青春期的男孩，內心悸動的初始。也許他們都曾感受到那樣美好又稍縱即逝的感情關卡，因而極其珍貴地留下了一段「昨日當我年輕時」內心曾經反覆莛奏的單戀主題。

四、多情公子空牽念——貴冑與村女的邂逅

源氏公子遇見小家碧玉的夕顏姑娘，是在前往乳姆家探病的路上。當時他微服出行，車馬簡樸，而且未曾令人吆喝開道。因為公子不想被人認出，這樣他就可以將車簾打開，恣意地欣賞街景。於是他在一片綠盈盈的蓬生漫草間，瞥見了朵朵小白花！那花兒不僅清新脫俗，而且自得其樂似地隨風搖漾。源氏公子脫口而出：「無名之花甚嬌。」然而跟隨他的僕從們卻說：「這花名為夕顏，公子看這一帶屋宇破爛，牆垣斷井參差，那夕顏花通常就是開在這等汙濁之地。」

源氏一時之間興起了垂憐之心：「沒想到夕顏如此薄命！你們去摘一朵

來給我吧。」就在這個時候，一扇雅緻的紙拉門突然開啟，屋內走出一位身穿黃絹長裙的女子，雙手遞過一把白紙扇來，說道：「夕顏嬌嫩，不堪徒手，請以白扇呈獻給公子吧。」源氏便在這湫隘囂塵之中，透過紙扇嗅著拿那一縷難得的清馨。

探望過乳姆之後，當晚源氏又令僕從點起松脂燭，他便獨自在燈下細細地品賞這素雅的扇面上，女子娟秀的題字，同時想像著夕顏花的女主人在薄霧裡，遙望著簡樸馬車上的伊人……。這樣一幕景象使得源氏迷醉不已！多情公子牽念著夕顏，於是提筆回贈道：「幕色蒼茫中，依稀見得是夕顏。」他命貼身僕人惟光去送信，並且探問女子的出身，而惟光回來的答覆是：這位相貌美麗的姑娘，是新來乍到的，因此鄰居們不知其身分來歷，然而卻經常看見她在夕陽時分，一個人靜靜地落淚和寫信，鄰居們都說她似乎有無限的心事。

公子想道：「她應該就是眾人品評人物時，所謂下等中的下等人吧。」這樣的無名女子卻得到貴冑公子由衷的憐惜，甚至於心生無限愛慕，不由得令人聯想起《紅樓夢》第十五回，賈寶玉與鄉間無名少女的邂逅。那天寶玉隨著鳳姐兒的座車轉入農莊人家稍作休憩，而此處房舍不多，因此婦女們也都無處迴避。這些村姑野婦見了鳳姐、寶玉、秦鐘的服飾品貌，簡直懷疑是天人降臨！

當鳳姐進入茅屋欲作休息時，寶玉便帶著秦鐘和小廝們到農莊各處看看玩玩。而這裡的一切工具物件，都是他們不見過的，因此寶玉見了，在在都以為新奇！於是小廝們若有知道的，便一一告訴他這些工具的用處。寶玉聽了，點頭說：「怪道古人詩上說：『誰知盤中飧，粒粒皆辛苦。』。」說著便來到一間房內，見炕上有個紡車兒，越發以為稀奇。小廝們又說：「是紡線織布用的。」寶玉便上炕搖轉。忽然有一個村莊丫頭，約莫十七、八歲，大聲喊道：「別弄壞了！」寶玉便住了手，說道：「我因沒有見過，所以試一試玩兒。」那丫頭道：「你不會轉，等我轉給你瞧。」

就在這丫頭轉著織布機的同時，秦鐘卻暗暗拉著寶玉低聲說道：「此卿大有意趣。」寶玉推他：「再胡說，我就打了！」說著，他們一塊兒細看那丫頭紡線的姿態，果然好看！須臾，忽聽得外面老婆子叫道：「二丫頭，快過來！」於是這個丫頭便丟了紡車，一逕去了。寶玉見她離去，甚感悵然！過了一會兒鳳姐打發人來叫他們收拾上車。外面旺兒預備賞封賞了那莊戶人家，於是農婦們紛紛忙來謝賞。寶玉的眼光卻一直在留心尋找剛剛那位紡線之女。直到車子駛離農莊，他才見到二丫頭懷裡抱著個小孩子，身邊跟著兩個小女孩，站在村頭瞅著他。

寶玉此時情難自禁，只恨自己身在車上，不能下車隨她而去。一時見電捲風馳，他唯有以眼角留情。再回頭，那女孩已經了無蹤影。

賈寶玉多情公子空牽念，那二丫頭在一部《紅樓夢》裡僅僅讓我們驚鴻一瞥，徒下深深的遺憾！然而她往後的人生，或許就是在這村頭村尾過著勤儉刻苦的日子，雖與寶玉無緣，至少平靜地生活著。倘若我們再對照《源氏物語》中，夕顏日後悲慘地在睡夢中被兇惡的六条妃子生魂害死，則難免要感嘆她的薄命實更甚於二丫頭了！

五、知情更淫——那些為夢魔所魘的人啊！

《源氏物語》中夕顏之死，與其說帶給世人憐惜，毋寧說是震驚更為適切。在那個恐怖的夜晚，源氏公子眼睜睜看著夕顏著了夢魔！她渾身顫慄不止，直到氣若游絲，連一句話也說不出來，之後便漸漸地消失了氣息。公子可憐她是個無家可歸的流浪兒，一生孤苦無依，又長得嬌豔如花。曾經雙雙對對無限柔情，如今只剩得一具冰冷而蒼白的遺體。源氏公子頓時驚慌得癱軟無力，身子搖搖晃晃，神智更是昏聵不清！

那晚的經過是這樣的，原本公子將要入睡，卻在朦朧間看見一位美女，坐在他的枕邊，幽恨地說道：「想當初我看你是一位英俊的少年，因而心生愛戀，沒想到你竟如此無情無義！寧願捨下我來陪這名身分卑微低賤的女子！」源氏一驚之下，連忙抽出佩刀，在漆黑的夜間摸索。此刻，周遭的僕人也驚悚起來！公子要他們保護好夕顏小姐，他獨自一人出外求援，卻沒想到戶外陣陣寒風寂寂、到處鬼氣森森！於是他只得又回身命侍衛們不停地拉響弓弦，用來驅嚇妖魔。然而儘管士兵們不斷地拉弓鳴弦，怎奈惡魔怨毒太甚！夕顏終究敵不過此妖邪的力量，竟而香消玉殞了。

源氏命人將脂燭取來，整夜守在夕顏的身旁，燭影中，那絕美妖冶的惡魔似乎仍坐在夕顏的旁邊。源氏將夕顏抱在懷裡，嚎啕痛哭！「我的可人兒，妳回來啊！怎麼捨得拋下我？！」源氏一夜驚惶痛心，眾侍臣好不容易陪他熬到了天明，近臣惟光用被子將夕顏包裹起來，喚人備車，將這玲瓏嬌小的身軀抱上車，源氏遠遠地看著他們離去，夕顏的濃密烏黑的秀髮仍飄垂在外，公子愈是心如刀割……日後他在眾人猜疑的眼神與自己受折磨的病痛中，為夕顏做完了七七法會，只是至此他仍然對於事發當晚，那位坐在夕顏身旁的美女耿耿於懷。

事實上，那天晚上，除了源氏與夕顏被夢魔迷住之外，遠方還有一人也在迷夢中，不能克制自己。

原來早在認識夕顏之前，源氏已與大他八歲的東宮妃子六条御息所相戀。六条妃子起初並不願意接受源氏的追求。然而終究敵不過公子的纏綿攻勢，於是交出了一片真心。豈料公子後來卻漸漸地冷淡起來。一天清晨，源氏離開六条宅邸，侍女特別貼心地打開格子窗，讓妃子再看公子一眼，六条看見源氏走在廊下，欣賞著庭院中繽紛的花影，那憂傷而美麗的姿態，使她著迷。那時她或許已經知道，源氏不會再回來了。也許她還猜想著這段時間與他相愛的人是誰？是否也與他濃情密意、海誓山盟、情詩贈答？

到了晚間，她可能更想起了那此刻正與源氏同床共枕之人，於是怨毒的心靈占滿胸臆。因此在不由自主的情況下，她的生魂進了源氏的夢境中，進而來到源氏與夕顏幽僻獨居的山中小屋。六条妃子在他人的夢裡，聲聲控訴自己內心的期盼與眼看著愛人與別的女人相愛相守的痛苦！她情不自禁地猛烈攻擊起夕顏，源氏公子在枕邊人陣陣抽蓄顫抖中驚醒，他知道這惡靈是誰，他很認識這張面孔，雖然也想阻止和挽回，然而夢魘中的他終究甚麼也做不了，只能眼看著悲劇發生，一切徒留遺憾。

六条妃子用她怨恨的生魂殺死了夕顏。至少世人是如此耳語流傳著……

紫式部開啟了「夢魘」怨靈作祟的篇章，顯示古人相信魂靈可以游移出身體之外。又或許在男權主導的世界裡，女性只能以生魂怨靈來訴說在情感世界裡的苦楚。然而於《紅樓夢》中，受夢魘糾纏逼迫的卻是男兒身的賈寶玉，僅憑這一點差異，便很值得我們進而深思曹雪芹的性別認同與情感意識。

《紅樓夢》第五回警幻在以簿冊、詞曲、仙醁佳釀警示寶玉之後，便進而送他到一香閨繡閣中。這裡的鋪陳華麗異常不用說，最驚人的是，這間屋子裡待著一位美麗絕倫的仙姬，她的鮮艷嫵媚大似寶釵，而裊娜風流又像是黛玉。賈寶玉昏聵不解，而警幻卻說道：「塵世中多少富貴之家，那些綠窗風月，繡閣煙霞，皆被那些淫污紈褲與流蕩女子玷辱了。更可恨者，自古來多少輕薄浪子，皆以好色不淫為解，又以情而不淫作案，此皆飾非掩醜之語耳。好色即淫，知情更淫。是以巫山之會，雲雨之歡，皆由既悅其色，復戀其情所致。吾所愛汝者，乃天下古今第一淫人也！」

寶玉聽了，慌忙答道：「仙姑差了！我因懶於讀書，家父母尚每垂訓飭，豈敢再冒淫字？況且年紀尚幼，不知淫何事。」警幻笑道：「非也。淫雖一理，意則有別。如世之好淫者，不過悅容貌，喜歌舞，調笑無厭，雲雨無時，恨不能天下之美女供我片時之趣興。此皆皮膚遊淫之敦物耳。如爾則天分中生成一段痴情，吾輩推之為意淫。惟意淫二字，可心會而不可口傳，可神通而不能語達。汝今獨得此二字，在閨閣中雖可為良友，卻於世道中未免迂闊怪詭，百一嘲謗，萬目睚眦。今既遇爾祖寧榮二公剖腹深囑，吾不忍子獨為我閨閣增光而見棄於世道。故引子前來，醉以美酒，沁以仙茗，警以妙曲。再將吾妹一人，乳名兼美表字可卿者許配與汝，今夕良時即可成姻。不過令汝領略此仙閨幻境之風光尚然如此，何況塵世之情景呢。從今後萬萬解釋，改悟前情，留意於孔孟之間，委身於經濟之道。」說完了，便秘密地親授以雲雨之事，然後將推寶玉入房中，將門掩上離去了。

此時寶玉恍恍惚惚，依著警幻所囑，作起兒女之事來。兩情繾綣直至次日，更是柔情蜜意，軟語溫存，他覺得今生與可卿已是難解難分了。於是二人攜手出去遊玩，忽然來到一個所在，但見荊榛遍地，狼虎同行，迎面一道黑溪阻路，並無橋樑可通。正在猶豫之間，忽見警幻從後追來，說道：「快休前進，作速回頭要緊！」寶玉忙止步問道：「此係何處？」警幻道：「此乃迷津，深有萬丈，遙亙千里。中無舟揖可通，只有一個木筏，乃木居士掌柁，灰侍者撐篙，不受金銀之謝，但遇有緣者渡之。爾今偶遊至此，設如墜落其中，便深負我從前諄諄警戒之語了。」話猶未了，只聽迷津內響如雷聲，有許多夜叉海鬼將寶玉拖將下去……

情海夢魔嚇得寶玉汗下如雨，失聲喊叫！然而此時他的夢中情人，他最摯愛的可卿，卻正清醒著，叫丫頭們好生看著貓兒狗兒打架呢。

寶玉的夢中情人可卿姓「秦」，諧音「情」。她是寶玉感情的依歸，也是整部書的旨題代表。對於深陷其中的人們而言，情是一場夢，情也是一頭巨大的魔！六条妃子、源氏公子和無辜的夕顏，即使再不願意，情魔也會將他們拖入深淵；賈寶玉夢中墜入萬丈迷津，心中惴惴，身體卻不聽使喚，連惕慎戒懼者如警幻，也拉不回萬劫不復之人！可知情之一字的魔力有多大，又曾迷住了多少人的靈魂，也牽動起多少痴情者難解的命運。

六、焚稿斷癡情——一樣焚稿，兩般情

《紅樓夢》第九十七回，林黛玉行將就木之際，她有滿腔的苦和說不盡的怨，卻也只是焚稿而已。當時雖說是天天服藥，病卻仍是日重一日。紫鵑丫環在旁苦勸：「事情到了這個分兒，我不得不說了。姑娘的心事，我們也都知道。至於意外之事，是再沒有的。姑娘不信，只拿寶玉的身子說起，這麼大病，怎麼做得親呢？姑娘別聽旁人瞎話，自己安心保重才好。」黛玉只是微微一笑，也不答言，又咳嗽數聲，吐出好些血來。紫鵑看她只剩一息奄奄，明知勸不過來，惟有守著流淚而已。同時也每天三、四趟去稟明賈母，然而鴛鴦忖度賈母近日來疼愛黛玉的心，已比從前差了許多，所以並不常去傳話。況且賈母近日以來的心都在寶釵和寶玉的身上，幾天不見黛玉的信兒，竟也不太提起，只說要請太醫調治罷了。

平常因黛玉總是病著，是故自賈母起，乃至姐妹們，以及下人都經常來問候。如今見賈府中上下人沒有一個過來探視，幾天下來，連一個問的人都沒有，黛玉睜開眼只見紫鵑一人在旁，因自知沒有活路了，於是扎掙著向紫鵑說道：「妹妹！你是我最知心的！雖是老太太派妳來服侍我，這幾年，我拿妳就當作我的親妹妹。」她說到這裡，氣又接不上來，直喘個不停！紫鵑聽了，一陣心酸，哭得一句話都說不出話來。隔了好一會兒，才一面喘氣一面說道：「我躺著不受用，妳扶我起來靠著坐坐才好。」紫鵑卻勸道：「姑娘身上不大好，起來又要抖摟著了。」黛玉聽了，便閉上眼不言語了。

過了一會兒又掙扎著要起來，紫鵑沒法，只得同雪雁把她扶起，兩邊用軟枕靠住，自己卻倚在旁邊。黛玉哪裡坐得住？下身自覺硌的疼，只是狠命撐著。叫過雪雁來說道：「我的詩本子……」說著，又喘氣。雪雁料是要她前日所理的詩稿，因此找來送到黛玉跟前。黛玉點點頭兒，又抬眼看那箱子，雪雁不解，只是發怔。黛玉氣得兩眼直瞪，又咳嗽起來，又吐了一口血。雪雁連忙回身取了水來，黛玉嗽了，吐在盂內。紫鵑用絹子給他拭了嘴，黛玉便拿那絹子指著箱子，又喘個了不得！卻仍是說不上來，於是閉了眼。紫鵑便說道：「姑娘歪歪兒罷。」黛玉又搖搖頭兒。紫鵑料是要絹子，便叫雪雁開箱，拿出一塊白綾絹子來。黛玉瞧了，撂在一邊，使勁說道：「有字的！」

紫鵑這才明白過來要那塊題詩的舊帕，只得叫雪雁拿出來，遞給黛玉。紫鵑勸道：「姑娘歇歇兒罷，何苦又勞神？等好了再瞧罷。」只見黛玉接到手裡也不瞧，掙扎著伸出手來，狠命地撕那絹子，卻只有打顫的分兒，哪裡撕得動？紫鵑早已知他是恨寶玉！卻也不敢說破，只道：「姑娘，何苦自己又生氣！」黛玉微微點頭，便掖在袖裡，說：「點燈。」雪雁答應，連忙點上燈來。黛玉瞧瞧，又閉上眼坐著，喘了一會子，又道：「籠上火盆。」紫鵑打量他冷，因說道：「姑娘躺下，多蓋一件罷。那炭氣只怕耽不住。」黛玉又搖頭兒。雪雁只得籠上，擱在地下火盆架上。黛玉點頭，意思叫她們將火盆挪到炕上來。雪雁只得端上來，又出去拿火盆炕桌。黛玉卻把身子欠起，紫鵑只得隻手扶著她。黛玉這才將方才的絹子拿在手中，瞅著那火，點點頭兒，便往上一撂。紫鵑唬了一跳，欲要搶時，兩手因扶著黛玉卻不敢動。而雪雁又出去拿桌子了。

此時那絹子已經燒著了！紫鵑勸道：「姑娘！這是怎麼說呢?!」黛玉只做不聞，回手又把那詩稿拿起來，瞧了瞧，又撂下了。紫鵑怕她也要燒，連忙將身倚住黛玉，騰出手來拿時，黛玉早又拾起，撂在火上。此時紫鵑卻搆不著，雪雁正拿進桌子來，看見黛玉一撂，不知何物，趕忙搶時，那紙沾火就燒，如何能夠少待？早已烘烘的著火了！雪雁也顧不得燒手，就從火裡抓起來，撂在地下亂踩，卻已燒得所餘無幾了。

黛玉焚稿時，將她滿腔的怨恨宣洩了出來！而光源氏死前的焚稿，卻是滿懷著對若紫的追戀與真愛。他在紫夫人過世的那一年裡，歷經了人生最痛苦的春夏秋冬，他甚至埋怨二条院裡的鮮花在主人溘然長逝之後，還能開得嬌豔繽紛，簡直燦若煙霞！他有史以來不曾這樣悔恨！這樣孤寂！然而因為諸多因素使他終究隱忍過去，而不曾出家。可是他畢竟已經感受到情盡而後出世的心境，也知道自己遁世之期，已漸漸迫近，因此鎮日心緒忙亂，感慨萬端。他考慮出家前應取出各種物品分贈給侍女們，以作為日後的紀念。雖然他還未公開表明將要離世，然而貼身的侍女們，早就看出他即將一償宿願，離開塵俗，遠遁出家。此情此景，對照《紅樓夢》裡賈寶玉在「懸崖撒手」前，一幕幕道別的場景，應似有若合符節之處。

歲暮之時，二条院內異常岑寂，源氏公子悲傷無限。他在整理物件，卻不經意發現昔年戀人寄來的許多情書。這些情書若是留傳於後世，教人看見，豈非有所不便？如將其毀棄，卻又深覺痛惜！他將這些保存下來的情書取出來，命貼身侍女們一一燒毀。忽然又翻出當年在須磨流放時，紫夫人千里迢迢寄來的信件，這是另行結成一束的，而且由他自己親手整理成束，收藏得完好如初。如今往事已經遙遠，卻為何在此刻看來，這書信的筆墨竟然猶新！日本《古今和歌》中有詩云：「誰言無用物，廢棄不須收？手筆堪珍惜，千年遺念留。」而今這束情書這真可視作「千年遺念」了！

源氏公子一想到自己出家之後，即無緣再看這些書信，縱然悉心保存著，也是枉然。於是斷然命兩三位親信侍女，就在自己面前，將所有情書當場燒毀！即使不是情深意濃的文字，再多看一眼也總是無限傷感！何況這裡還有紫夫人的遺墨。源氏只看一眼便兩眼昏花，字跡也難辨認，淚水頃刻沾滿了信紙。又恐怕眾侍女嘲笑他，頗覺難為情，便將信一把推開，心中嘆息傷悼！

源氏在第四十回焚稿之後，便出家並死亡了。《源氏物語》第四十一回

「雲隱」竟然有目無文，在標題之下一片空白的懸念中，道不盡紫式部紙短情長！而《紅樓夢》中林黛玉在第九十七回焚詩稿之後，於緊連的九十八回魂歸離恨天。兩部作品的主角一樣焚稿，兩般情傷，黛玉捨情；源氏追戀，卻都是癡迷至死亦無怨悔，徒留下永恆的孤寂……

國家圖書館出版品預行編目 (CIP) 資料

朱嘉雯私房紅學 . 三 : 大觀園內石頭痕 / 朱嘉雯
著 . -- 第一版 . -- 臺北市 : 天下雜誌 , 2019.08
376 面 ; 14.8 ╳ 21 公分 . -- (生活美學 ; 75)
ISBN 978-986-398-470-2(平裝)
1. 紅學 2. 研究考訂
857.49 108013443

訂購天下雜誌圖書的四種辦法：

◎ 天下網路書店線上訂購：www.cwbook.com.tw
會員獨享：
1. 購書優惠價
2. 便利購書、配送到府服務
3. 定期新書資訊、天下雜誌網路群活動通知

◎ 在「書香花園」選購：
請至本公司專屬書店「書香花園」選購
地址：台北市建國北路二段 6 巷 11 號
電話：(02) 2506 － 1635
服務時間：週一至週五　上午 8：30 至晚上 9：00

◎ 到書店選購：
請到全省各大連鎖書店及數百家書店選購

◎ 函購：
請以郵政劃撥、匯票、即期支票或現金袋，到郵局函購
天下雜誌劃撥帳戶：01895001 天下雜誌股份有限公司

＊ 優惠辦法：天下雜誌 GROUP 訂戶函購 8 折，一般讀者函購 9 折
＊ 讀者服務專線：(02) 2662-0332 (週一至週五上午 9：00 至下午 5：30)

生活美學 075

朱嘉雯私房紅學三
大觀園內石頭痕

作　　者／朱嘉雯
封面題字／歐豪年
封面攝影／王創緯

總 編 輯／莊舒淇 Sheree Chuang
執行編輯／周采華
協助編輯／陳艾妮
校　　稿／莊淑淇
美術設計／集一堂

發 行 人／殷允芃
出 版 者／天下雜誌股份有限公司
地　　址／台北市 104 南京東路二段 139 號 11 樓
讀者服務／ (02) 2662-0332　傳真／ (02) 2662-6048
天下雜誌 GROUP 網址／ http://www.cw.com.tw
劃撥帳號／ 0189500-1 天下雜誌股份有限公司
法律顧問／台英國際商務法律事務所・羅明通律師
總 經 銷／大和書報圖書股份有限公司　電話／（02）8990 -2588
出版日期／ 2019 年 8 月第一版第一次印行
定　　價／ 390 元

書　　號／ BCLA0075P
ISBN 978-986-398-470-2 (平裝)

天下網路書店：http://www.cwbook.com.tw
天下讀者俱樂部粉絲團：https://www.facebook.com/cwbookclub
天下雜誌出版 2 里山富足悅讀臉書粉絲團：http://www.facebook.com/Japanpub
「天下新學院」部落格網址：http://newacademism.pixnet.net/blog